Petrificus Totalus! Sonorus
Accio Sonorus Fidelius! Nox!
Vingardium Leviosa! Crucio!
Férula! Expecto Patronum
Herbivicus! Portus!
icus Totalus! Nox! Fidelius!
Aparecium! Accio
Salvio Hexia! Sonorus
Fidelius! Repello Trouxatum
Arania Exumai illus!
Petrificus To rbivicus!
Dissendium! Férula!

Confundus Felix Felicis
Accio Sonorus Fidelius! Nox!
Vingardium Leviosa! Crucio!
Férula! Expecto Patronum
Herbivicus! Portus
Petrificus Totalus! Nox!
Aparecium! Sonorus
Salvio Hexia!
Fidelius! Repello Trouxatum
Arania Exumai Immobillus!
Petrificus Totalus! Herbivicus
Dissendium! Férula!

Um ano Mágico

Belas Letras

LUMOS FORTUNA
ILUMINANDO SEUS CAMINHOS PARA UM PRÓSPERO ANO!

"Lumos" é um feitiço na série Harry Potter que ilumina a ponta da varinha. "Fortuna" significa sorte ou fortuna em latim. Sendo assim, "Lumos fortuna" pode ser entendido como "Ilumine a sorte" ou "traga boa sorte".

INFORMAÇÕES SOBRE O(A) BRUXO(A)

NOME

ENDEREÇO

E-MAIL

TELEFONE

CASA DE HOGWARTS

Filmes, séries e livros

NOME	VISTO/ LIDO	NOTA	OBS.
	○		
	○		
	○		
	○		
	○		
	○		
	○		
	○		
	○		
	○		

Filmes, séries e livros

NOME	VISTO/LIDO	NOTA	OBS.
	○		
	○		
	○		
	○		
	○		
	○		
	○		
	○		
	○		
	○		

Metas

PRAZO	PLANO DE AÇÃO	FEITO

PRAZO	PLANO DE AÇÃO	FEITO

PRAZO	PLANO DE AÇÃO	FEITO

PRAZO	PLANO DE AÇÃO	FEITO

PRAZO	PLANO DE AÇÃO	FEITO

PRAZO	PLANO DE AÇÃO	FEITO

Metas

PRAZO	PLANO DE AÇÃO	FEITO

PRAZO	PLANO DE AÇÃO	FEITO

PRAZO	PLANO DE AÇÃO	FEITO

PRAZO	PLANO DE AÇÃO	FEITO

PRAZO	PLANO DE AÇÃO	FEITO

PRAZO	PLANO DE AÇÃO	FEITO

Janeiro

Metas	Hábitos

DOM	SEG	TER	QUA	QUI	SEX	SAB

01

D S T Q Q S S

02

D S T Q Q S S

(1993) O Expresso de Hogwarts retorna a Hogsmeade depois das férias de Natal

03

D S T Q Q S S

04

D S T Q Q S S

(1995) É publicado o artigo de Rita Skeeter, em *O Profeta Diário*, que afirmava que Rúbeo Hagrid era um meio-gigante, o que leva Hagrid a esconder-se

05

D S T Q Q S S

(1994) Harry tem sua primeira aula, com Remo Lupin, do Feitiço do Patrono

Immobillus!

Inicie o seu ano com toda a determinação e coragem, e use o feitiço Immobilus para congelar todas as suas dúvidas e medos que possam estar te segurando. Voe livremente rumo aos seus objetivos!

IMMOBILUS É UM FEITIÇO PARALISANTE CONHECIDO COMO FEITIÇO CONGELANTE.

06

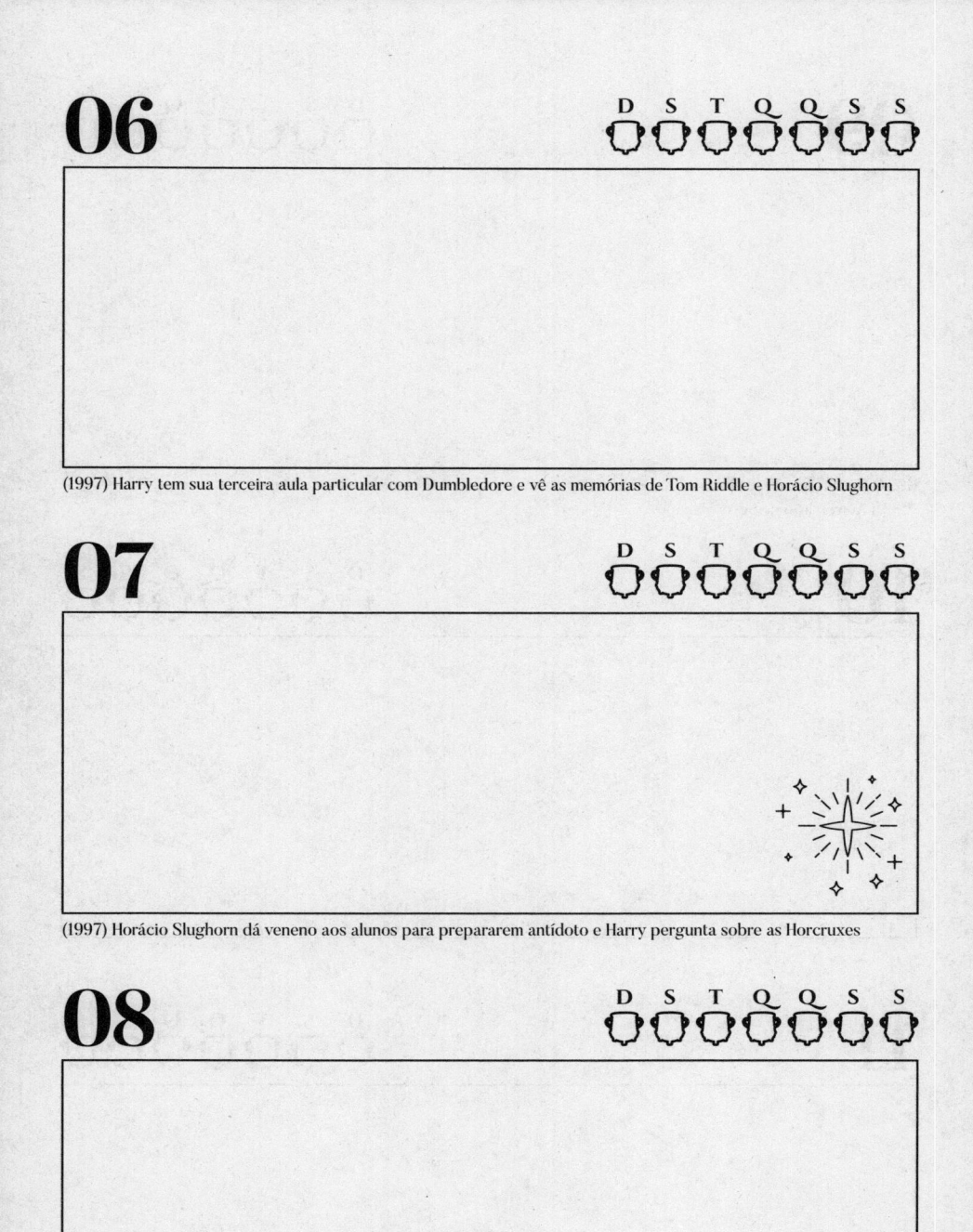

(1997) Harry tem sua terceira aula particular com Dumbledore e vê as memórias de Tom Riddle e Horácio Slughorn

07

D S T Q Q S S

(1997) Horácio Slughorn dá veneno aos alunos para prepararem antídoto e Harry pergunta sobre as Horcruxes

08

D S T Q Q S S

(1996) Harry inicia suas aulas de Oclumência com o professor Severo Snape. *O Profeta Diário* noticia a fuga de dez prisioneiros de segurança máxima de Azkaban

09

D S T Q Q S S

(1994) Harry começa sua primeira lição anti-Dementador com o Professor Lupin.
(1960) Aniversário de Severo Snape

10

D S T Q Q S S

11

D S T Q Q S S

(1996) Harry, Rony, Hermione, Gina, Fred e Jorge retornam a Hogwarts em um Nôitibus Andante escoltados por Tonks e Lupin

Expecto Patronum

QUE O PATRONO DA SORTE ESTEJA CONOSCO, ILUMINANDO NOSSO CAMINHO EM JANEIRO E NOS PROTEGENDO DE QUALQUER PERIGO!

O Expecto Patronum é mais do que um simples feitiço, é a manifestação da felicidade, da esperança e da vontade de viver em forma de um guardião prateado animal. Este feitiço avançado é utilizado para afastar os temíveis Dementadores, seres que sugam toda a alegria e esperança das pessoas. Os alunos da escola de magia sabem que, para conjurar um Patrono, é necessário estar em um estado de felicidade e concentrar-se em uma lembrança alegre para alimentá-lo com energia positiva. Quando bem executado, o feitiço cria uma barreira protetora entre o bruxo e o Dementador. O Expecto Patronum é a chave para se proteger das garras dos Dementadores. Harry Potter conjura um Cervo, Hermione uma Lontra, Luna Lovegood uma Lebre e, provavelmente, o Patrono de Dumbledore é uma Fênix.

13

(1994) Harry tem sua segunda aula sobre o Feitiço do Patrono com o professor Lupin

14

Sonorus

ASSIM COMO O FEITIÇO SONORUS ELEVA A VOZ DOS BRUXOS, QUE POSSAMOS ELEVAR NOSSAS METAS E OBJETIVOS PARA QUE SEJAM ALCANÇADOS COM SUCESSO!

Imagina só você conseguir falar para uma multidão sem precisar gritar e sem perder a voz! Com o feitiço Sonorus, isso é possível! Usado por bruxos experientes, esse encantamento mágico transforma a sua voz em um verdadeiro e poderoso instrumento de comunicação, capaz de alcançar até milhares de pessoas. O primeiro a utilizá-lo foi o incrível Ludo Bagman, quando comentou a Copa do Mundo de Quadribol. E não para por aí, pois ele ainda usou o Sonorus novamente para narrar os eventos do Torneio Tribruxo. Maravilhoso, não é mesmo? Com esse feitiço, sua voz nunca mais será a mesma e você será capaz de encantar qualquer audiência com suas palavras. Aproveite essa nova forma de se comunicar com o mundo mágico através do poder do Sonorus!

15

(1994) Sonserina derrota Corvinal por pouco no Quadribol

16

D S T Q Q S S

17

D S T Q Q S S

18

D S T Q Q S S

19

D S T Q Q S S

20

D S T Q Q S S

21

D S T Q Q S S

(1995) Harry Potter vê Bartô Crouch no Mapa do Maroto

22

D S T Q Q S S

(1995) Harry escreve uma carta para Sirius Black e comenta sobre ter visto Bartô Crouch no
Mapa do Maroto na noite anterior

23

D S T Q Q S S

24

25

Accio

**MOTIVAÇÃO PARA VOAR ALTO
EM MEIO DE JANEIRO!**

"Accio" é uma das mais incríveis magias vistas no universo de Harry Potter! Com um único comando, o bruxo pode chamar para si tudo o que desejar, de uma vassoura até um objeto valioso, como os artefatos de Lord Voldemort. No entanto, não se engane achando que é uma tarefa fácil! Harry dependerá de sua habilidade e treinamento para dominar o feitiço, o que exige prática. E você? Será que tem o que é preciso para executar esta magia e atrair as coisas que deseja para perto de si? Faça como o jovem bruxo e mostre toda a sua habilidade para utilizar "Accio" com maestria!

26

D S T Q Q S S

(1964) Aniversário de Gilderoy Lockhart

27

D S T Q Q S S

28

D S T Q Q S S

29

D S T Q Q S S

30

D S T Q Q S S

(1960) Aniversário de Lílian Evans Potter

31

D S T Q Q S S

Assim como o Pó de Flu, Janeiro voou, mas a magia desse início de ano irá nos acompanhar pelo resto da jornada.

Pó de Flu é um dos objetos mais icônicos do universo mágico de Harry Potter, capaz de transportar bruxos e bruxas instantaneamente entre diferentes locais conectados pela Rede de Flu. Desde que foi inventado no século XIII por Ignatia Wildsmith, o pó reluzente e prateado vem sendo amplamente utilizado pelos bruxos do mundo todo. Sua primeira aparição nas páginas da saga foi em Harry Potter e a Câmara Secreta. Imagine só que legal seria poder viajar dessa forma incrível e prática!

ANOTAÇÕES

ANOTAÇÕES

Fevereiro

Metas	Hábitos

DOM	SEG	TER	QUA	QUI	SEX	SAB

01

D S T Q Q S S

(1997) Os sextanistas têm uma aula de Aparatação

02

D S T Q Q S S

(1994) Hermione passa a maior parte do tempo na biblioteca e na cabana de Hagrid o ajudando a se preparar para o julgamento de Bicuço

03

D S T Q Q S S

(1994) O professor Remo Lupin ensina sobre o Beijo do Dementador a Harry

04

D S T Q Q S S

(1996) Harry tem uma aula de Oclumência nas masmorras com o professor Snape

05

D S T Q Q S S

06

D S T Q Q S S

(1950) Aniversário de Arthur Weasley

Confundus

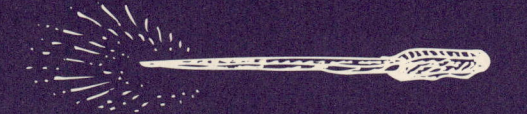

O mundo da magia é cheio de feitiços incríveis, mas o Confundus é realmente algo especial! Esse feitiço avançado pode ser lançado em silêncio e faz com que a vítima fique completamente confusa. E não é só em seres humanos que ele funciona, objetos inanimados também são vulneráveis! O Cálice de Fogo e até o Chapéu Seletor já foram alvos desse feitiço poderoso. E não pense que só os bruxos mais habilidosos conseguem usá-lo, até Ron Weasley admitiu ter lançado o Confundus para passar no teste de direção. Mas tome cuidado, alguns personagens são especialmente suscetíveis a esse feitiço, como o Auror Dawlish. Então, se você quer se aventurar nesse mundo de magia, não deixe de incluir o Confundus em seu arsenal!

DEIXE O FEITIÇO CONFUNDUS TRABALHAR A SEU FAVOR, CONFUNDINDO SEUS MEDOS E SUAS INSEGURANÇAS, PERMITINDO QUE VOCÊ ALCANCE NOVAS CONQUISTAS E VITÓRIAS.

07

D S T Q Q S S

08

D S T Q Q S S

(1997) Os sextanistas têm mais uma aula de Aparatação

09

D S T Q Q S S

10

11

(1994) Acontece a primeira audiência de Bicuço, com Rúbeo Hagrid e Lúcio Malfoy, pelo incidente em uma aula de Trato das Criaturas Mágicas, quando Draco Malfoy foi ferido

Lembre-se de que usar magia para prejudicar outras pessoas é proibido pelo Ministério da Magia. O Confundus deve ser utilizado apenas em situações de emergência ou como último recurso. Além disso, é importante ter cuidado ao lançar o feitiço, pois ele pode ter consequências imprevisíveis e até mesmo perigosas. Como em qualquer tipo de magia, é essencial ser um bruxo responsável e ético. Use o seu poder com sabedoria e sempre busque proteger a si mesmo e aos outros ao seu redor. Em resumo, o Confundus é uma ferramenta útil, mas deve ser usada com moderação e responsabilidade no mundo da magia.

12

D S T Q Q S S

13

D S T Q Q S S

(1981) Aniversário de Luna Lovegood

14

D S T Q Q S S

15

D S T Q Q S S

16

D S T Q Q S S

17

D S T Q Q S S

(1994) O professor Remo Lupin ensina a Harry Potter o Feitiço do Patrono

18

D S T Q Q S S

19

D S T Q Q S S

(1997) Harry verifica constantemente o Mapa do Maroto para saber o paradeiro de Draco Malfoy

---

20

D S T Q Q S S

21

22

23

24

D S T Q Q S S

(1897) Aniversário de Newt Scamander

25

D S T Q Q S S

26

D S T Q Q S S

A luz
se espalha
Expecto
Patronum
surge
O medo se vai!

27

D S T Q Q S S

28

D S T Q Q S S

29

D S T Q Q S S

29 de fevereiro é o sexagésimo dia do ano. Essa data ocorreu duas vezes na saga de Harry Potter. Em 1992, durante o primeiro ano de Harry na Escola de Magia e Bruxaria de Hogwarts, e em 1996, durante o quinto ano

Accio sorte e determinação para concluir fevereiro e acelerar em março!

ANOTAÇÕES

ANOTAÇÕES

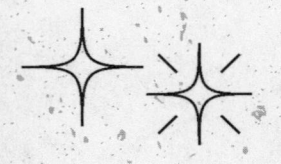

 Março

Metas	Hábitos

DOM	SEG	TER	QUA	QUI	SEX	SAB

01

D S T Q Q S S

(1980) Aniversário de Ronald Abílio Weasley

02

D S T Q Q S S

(1997) Rony Weasley se recupera na ala hospitalar depois de tomar hidromel envenenado e ser salvo por Harry

03

D S T Q Q S S

(2004) O jornal trouxa *The Daily News* é publicado pela primeira vez no site de J.K. Rowling

04

D S T Q Q S S

05

D S T Q Q S S

06

D S T Q Q S S

Fidelius!

COMO O FEITIÇO FIDELIUS, QUE OCULTA E PROTEGE SEGREDOS IMPORTANTES, PROTEJA SEUS SONHOS E OBJETIVOS COM DETERMINAÇÃO E FORÇA, E NADA PODERÁ IMPEDI-LO DE REALIZÁ-LOS.

Preparem-se para conhecer a proteção mais poderosa do mundo mágico: o feitiço Fidelius! Ele é tão complexo e incrível que consegue ocultar um segredo numa alma viva, algo que é chamado de "Fiel do Segredo". Essa criatura é tão importante que o próprio nome do encanto vem do latim "fides", que significa fé. E o melhor? Mesmo com uma busca direta, não será possível descobrir o segredo!

Lily e James Potter confiaram no feitiço para se esconder de Lord Voldemort, que estava procurando por eles. O professor Flitwick descreveu a proteção como algo tão forte que até mesmo Voldemort poderia estar bem perto, olhando pela janela, mas ainda assim não seria capaz de encontrar os Potter.

08

(1997) Lufa-Lufa vence a Grifinória em uma partida de Quadribol por 320 pontos contra 60

09

(Antes de 1963) Nasce Sibila Patrícia Trelawney

10

(1960) Aniversário de Remo João Lupin

11

12

13

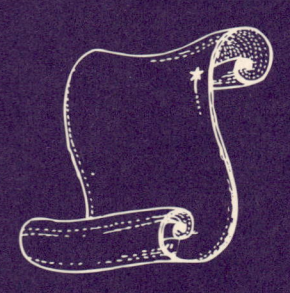

Você sabia? O Quartel General da Ordem da Fênix também é protegido pelo Fidelius. E adivinhem quem é o Fiel do Segredo? Nada mais, nada menos que Alvo Dumbledore, um dos bruxos mais sábios e poderosos do mundo. Ele consegue compartilhar a localização do quartel através de bilhetes, mas ninguém pode ler em voz alta ou repetir. Isso porque o feitiço impede que qualquer pessoa, exceto o Fiel, possa revelar o segredo.

Agora, se preparem para proteger seus próprios segredos com o incrível feitiço Fidelius!

Assim como o feitiço Fidelius esconde um segredo valioso, acredite que dentro de você há uma força capaz de superar qualquer desafio

14

D S T Q Q S S

15

D S T Q Q S S

16

D S T Q Q S S

17

D S T Q Q S S

18

D S T Q Q S S

19

D S T Q Q S S

(1927) O livro *Animais Fantásticos e Onde Habitam* é lançado na Floreios e Borrões

Chegada do Outono

Dissendium!

ASSIM COMO O FEITIÇO DISSENDIUM REVELA UM CAMINHO OCULTO, ÀS VEZES PRECISAMOS OLHAR ALÉM DO ÓBVIO PARA ENCONTRAR AS SOLUÇÕES QUE NOS LEVAM AO SUCESSO.

Como fã de Harry Potter, você precisa conhecer o feitiço Dissendium! Com apenas uma aplicação, é possível abrir a corcunda da bruxa no corredor do terceiro andar em Hogwarts e descobrir uma passagem secreta que leva direto ao porão da Dedos de Mel em Hogsmeade. Harry usou essa passagem para fugir do castelo sem permissão, assim como os gêmeos e até mesmo os Marotos anos antes deles. E olha só, parece que Sirius Black também usa a mesma passagem para entrar no castelo! Não perca essa oportunidade de explorar os segredos de Hogwarts com Dissendium!

Outono

Finite Incantatem: O outono chegou, trazendo a magia da mudança e da transformação, assim como o feitiço Finite Incantatem em Harry Potter. Este feitiço poderoso é capaz de acabar com qualquer encantamento, libertando-nos da influência indesejada e nos permitindo seguir em frente com uma nova perspectiva.

Da mesma forma, o outono nos convida a deixar para trás o passado e abraçar o novo. É a época de deixar as folhas antigas caírem e permitir que novas folhas cresçam em nosso caminho. Com o Finite Incantatem em sua varinha, Harry Potter pôde derrotar inimigos poderosos e se libertar de feitiços obscuros.

Também podemos usar a energia do outono para nos libertarmos de qualquer negatividade que nos prenda. Podemos acabar com velhas crenças limitadoras, liberar o passado e avançar em direção a um futuro mais brilhante. É uma época de reflexão, de se conectar com a natureza e de renovação.

Então, levante sua varinha e diga "Finite Incantatem". Abra seus olhos para seguir adiante com coragem, liberdade e esperança. O outono está aqui para nos guiar em um novo e emocionante caminho.

TRIVIA SOBRE O FEITIÇO

1. Qual é o nome do feitiço utilizado para terminar efeitos prolongados em feitiços, azarações e encantamentos?

_____

2. O que pode causar Rictusempra e Tarantallegra?

_____

3. Como é possível interromper esses efeitos prolongados?

_____

4. Qual é o nível de poder necessário para conjurar o Finite Incantatem?

_____

5. Em quais situações o Finite Incantatem seria útil?

_____

6. Quantas vezes o Finite Incantatem foi visto sendo utilizado nos livros/filmes?

_____

Respostas: 1. Finite Incantatem / 2. Rictusempra causa cócegas intermináveis e Tarantallegra causa movimento incontrolável das pernas (dança) / 3. Usando o feitiço Finite Incantatem / 4. Possivelmente, o bruxo que conjura o feitiço original / 5. Em duelos para reverter danos menores, como os efeitos de algumas azarações e maldições, e também para parar (temporariamente) os efeitos de feitiços defensivos / 6. Apenas duas vezes: no Clube dos Duelos, quando Snape o usa para parar com todas as azarações que foram lançadas pelos alunos, e depois da Batalha no Ministério, quando Lupin o usa para interromper a maldição Tarantallegra que está afetando Neville.

No outono do sexto ano de Harry Potter em Hogwarts, Dumbledore começou a cumprir sua promessa de dar aulas particulares a Harry para que ele pudesse conhecer os segredos e fraquezas de Tom Riddle antes de se tornar Lord Voldemort. Enquanto investigavam as origens de Riddle na família Gaunt, Harry passou a liderar o time de Quadribol, com Gina Weasley e Rony como jogadores importantes. As aulas de Harry foram interrompidas pela tragédia da quase morte de Cátia Bell, que levou Harry a suspeitar de Malfoy e revelar suas suspeitas a Dumbledore. Durante a temporada de Quadribol, Harry substituiu Cátia por Dino Thomas, mas ficou com ciúmes quando viu Dino beijando Gina. Ele fingiu dar a Rony uma poção que aumentaria sua confiança antes de um jogo, o que funcionou, mas causou tensão com Hermione e ciúme quando Rony iniciou um relacionamento com Lilá Brown.

21

22

23

(1996) Harry recebe uma cópia gratuita da edição de março de *O Pasquim*, com sua entrevista para Rita Skeeter sobre o retorno de Lord Voldemort

24

D S T Q Q S S

25

D S T Q Q S S

26

D S T Q Q S S

$9\frac{3}{4}$

(1960) Aniversário de Tiago Potter

Petrificus Totalus!

ASSIM COMO O FEITIÇO PETRIFICUS TOTALUS É CAPAZ DE CONGELAR UM ADVERSÁRIO, VOCÊ TAMBÉM É CAPAZ DE PARALISAR SEUS MEDOS E SEGUIR EM FRENTE EM BUSCA DOS SEUS SONHOS.

Prepare-se para conhecer um dos feitiços mais poderosos do universo mágico! O Petrificus Totalus é capaz de deixar qualquer pessoa completamente paralisada, exceto pelos movimentos dos olhos e a respiração. Não é à toa que é conhecido como o Feitiço do Corpo Preso! E o melhor de tudo é que é um feitiço simples o suficiente para ser usado por qualquer bruxo, como Hermione fez com Neville no primeiro livro. Harry, é claro, é um mestre em Petrificus Totalus e o utilizou em diversas batalhas e confrontos. E as maiores batalhas não seriam o mesmo sem ele! Foi usado para petrificar Dolohov em duas ocasiões, por Hermione em uma lanchonete movimentada e até mesmo por Parvati Patil na batalha final de Hogwarts. Mas não são só nossos heróis que podem usar o feitiço – Draco também o utilizou em Harry, que acabou com o nariz quebrado, e até o Professor Dumbledore petrificou Harry para mantê-lo fora de perigo. Então, se você quer ser um bruxo realmente habilidoso e poderoso, não deixe de aprender o incrível Petrificus Totalus!

28

D S T Q Q S S

29

D S T Q Q S S

30

D S T Q Q S S

ACCIO, ABRIL! TRAGA CONSIGO A ALEGRIA, A RENOVAÇÃO E A ESPERANÇA QUE A VIDA PRECISA.

RODA DA VIDA

Faça uma avaliação pessoal nos setores que são essenciais para encontrar o equilíbrio no dia a dia.

Dentro da Roda da Vida, nós avaliamos cada aspecto de nossa existência. Desta forma, podemos criar um feitiço mágico que nos ajude a equilibrar todos estes setores. Que tal conjurar o "Obliviate", para apagar os pontos negativos e substituí-los por sucesso em todas as áreas?

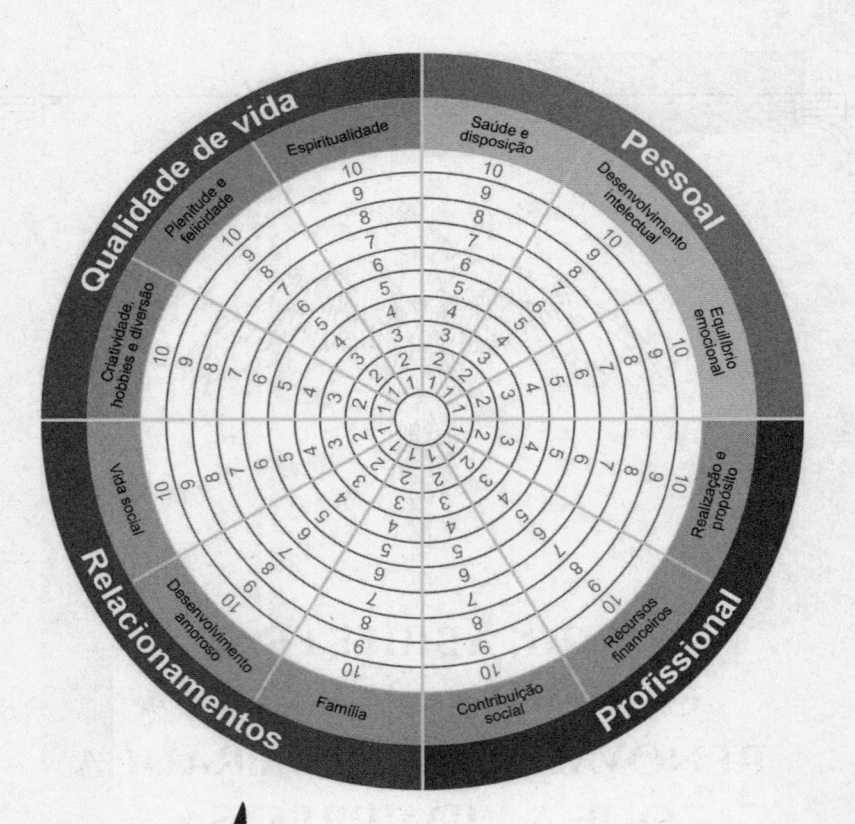

Preencha a roda da vida, pintando as casas de acordo com sua satisfação pessoal em cada área da roda.

ANOTAÇÕES

ANOTAÇÕES

ANOTAÇÕES

Abril

Metas	Hábitos

DOM	SEG	TER	QUA	QUI	SEX	SAB

01

D S T Q Q S S

(1978) Aniversário de Fred & Jorge Weasley

02

D S T Q Q S S

(1998) No Chalé das Conchas, Harry, Rony e Hermione se preparam para invadir o cofre da Família Lestrange em Gringotes

03

D S T Q Q S S

Lumos

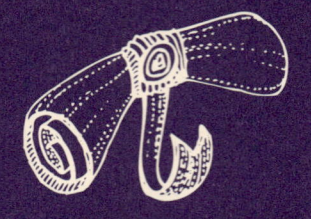

Os Marotos e Weasleys: mestres da diversão em Hogwarts, com brincadeiras lendárias e senso de humor inigualável. Mas quando se trata de itens mágicos cômicos, os gênios Fred e Jorge Weasley criaram a linha "Gemialidades Weasley", transformando sua loja em um paraíso de truques e diversão. Compartilhando paixão pela brincadeira, esses personagens únicos provam que a magia pode ser tão engraçada quanto poderosa. Com risada garantida com os gemialidades, eles estão sempre prontos para deixar Hogwarts ainda mais mágica!

04

D S T Q Q S S

05

D S T Q Q S S

06

D S T Q Q S S

07

D S T Q Q S S

08

D S T Q Q S S

09

D S T Q Q S S

10

D S T Q Q S S

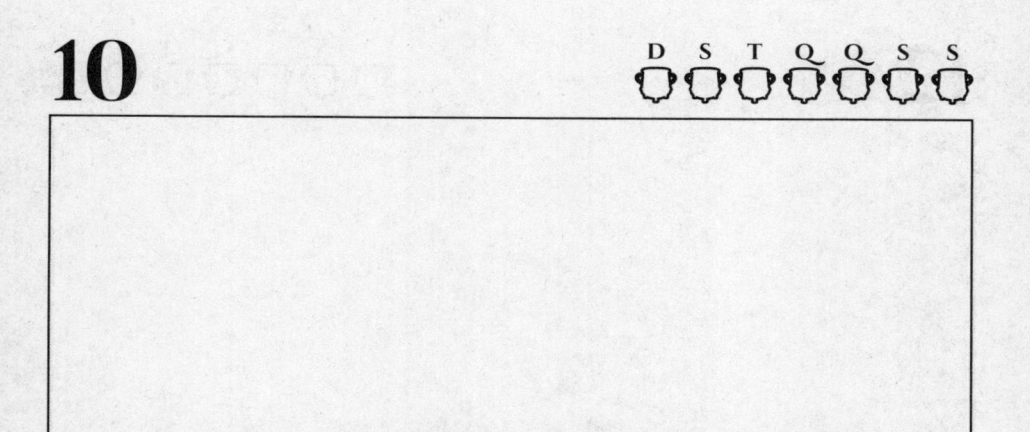

11

D S T Q Q S S

**COMO UM RAIO DE SOL,
OURO LÍQUIDO FLUI EM MIM,
SORTE A ME GUIAR
FELIX FELICIS!**

12

D S T Q Q S S

13

D S T Q Q S S

14

D S T Q Q S S

Em 13 de abril de 2014, a Argentina foi o palco da abertura eletrizante da 427ª Copa Mundial de Quadribol. O evento, outrora aclamado como uma "exibição magnífica da diversidade do mundo mágico", foi completamente tomado por uma batalha feroz entre as criaturas icônicas de cada seleção. Tudo começou quando tentaram obrigar o Dukuwaqa de Fiji e o Selma da Noruega a compartilhar um lago, causando um caos generalizado. O resultado? Mais de 300 espectadores feridos - alguns com múltiplas lesões e ossos quebrados. A atenção dos curandeiros foi disputada em meio à ameaça de mordidas insidiosas.

15

D S T Q Q S S

16

D S T Q Q S S

(1994) Final do Campeonato de Quadribol em Hogwarts, com a Grifinória derrotando a Sonserina por 230 a 20

17

D S T Q Q S S

18

19

20

(1997) Aragogue morre, depois de contrair uma doença desconhecida

Felix Felicis

Imagine ter a capacidade de fazer com que tudo dê certo por um determinado período de tempo. Isso é exatamente o que a poção Felix Felicis é capaz de fazer! Conhecida como "Sorte Líquida", essa poção tem o poder de transformar um dia comum em um dia extraordinário. No entanto, seu uso deve ser feito com moderação, já que em altas quantidades pode criar um excesso perigoso de confiança. Além disso, essa poção não é fácil de ser feita, exigindo seis meses para ficar pronta. Inventada por Zygmunt Budge no século XVI, Felix Felicis é considerada um verdadeiro tesouro. Horácio Slughorn a testou duas vezes em sua vida, ambas resultando num dia perfeito. Apesar de ser proibida em competições, essa poção ainda é um objeto de desejo para muitos bruxos. Será que você teria coragem de tentar fazer essa receita avançada?

22

23

24

(1992) Nasce o dragão norueguês Norberto, na cabana de Rúbeo Hagrid. Anos depois, Carlinhos Weasley revela que se trata de uma fêmea, cujo nome é Norberta

25

D S T Q Q S S

26

D S T Q Q S S

27

D S T Q Q S S

(Ano desconhecido) Aniversário de Horácio Slughorn

Arania Exumai

Ah, o famoso feitiço Arania Exumai de Harry Potter! Prepare-se para uma aventura aracnofóbica com um toque de magia! Quando as aranhas vêm rastejando, Harry não fica parado, ele saca sua varinha e lança o Arania Exumai! Com um golpe poderoso, as aranhas são mandadas para bem longe, voando pelos ares como fogos de artifício mágicos! O feitiço é tão incrível que até mesmo Aragogue, o rei das aranhas, ficaria impressionado! Então, se você está cercado por essas criaturas de oito patas, não se preocupe, o Arania Exumai está aqui para salvá-lo com um toque de magia e muita coragem!

29

30

(1998) Remo Lupin visita o Chalé das Conchas para anunciar o nascimento de seu filho, Teddy, e pede que Harry seja o padrinho dele

Volubilis

Prepare-se para conhecer a poção mais divertida de Hogwarts! A Poção Volubilis, cuja primeira aparição foi no jogo "Harry Potter e o Enigma do Príncipe", conhecida por alterar a voz de quem a bebe, é uma das mais engraçadas e divertidas do mundo mágico. Quando pronta, sua coloração amarelada já anuncia que algo incrível está por vir. Então, que tal juntar seus amigos bruxos e experimentar essa poção mágica? Quem sabe você não se torna o rei das imitações? Solte sua imaginação e venha se divertir com a Poção Volubilis!

Ah, a poção Volubilis, magia sem igual,
A língua dança, um espetáculo surreal.
Palavras velozes, voando pelo ar,
Um falatório intenso, é difícil acompanhar!

Com um toque dessa poção feiticeira,
Conversas ganham vida, energia verdadeira.
Frases se entrelaçam, num turbilhão sem parar,
Risos e risadas, é impossível controlar!

Mas cuidado, bruxinhos, com essa poção,
Se não tomar cuidado, pode causar confusão.
Use com moderação, não se deixe levar,
Para evitar problemas, é bom ponderar!

Então, celebremos a Volubilis com euforia,
Aproveitem sua magia, com muita sabedoria.
Deixem a conversa fluir, animada e divertida,
Com essa poção, alegria é garantida!

ANOTAÇÕES

ANOTAÇÕES

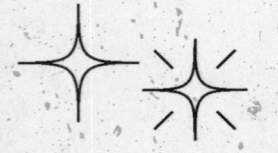

 Maio

Metas	Hábitos

DOM	SEG	TER	QUA	QUI	SEX	SAB

01

(1998) Minerva McGonagall e Severo Snape duelam antes da expulsão do então diretor de Hogwarts

02

(1998) Batalha de Hogwarts. Lord Voldemort e Harry Potter duelam pela última vez

03

04

05

06

(1992) Rony Weasley é mordido por Norberta na cabana de Hagrid

Imagine se você pudesse ter em suas mãos a poção do amor mais poderosa já criada! Laverne de Montmorency, em plenos anos 1800, desvendou o segredo de como fazer diferentes tipos de poções do amor, e hoje, as Gemialidades Weasley continuam aperfeiçoando esses elixires mágicos! Com cristais do cupido, bolhas sedutoras e lágrimas de desgosto, você pode fazer qualquer pessoa se apaixonar perdidamente por você! E não se esqueça do Blush da Paixão Súbita e da mais poderosa de todas, a Amortentia, com brilho madre--pérola e um cheiro que vai mexer com o coração da pessoa amada. Prepare-se para viver um romance inesquecível, cheio de magia e encantamento!

07

D S T Q Q S S

(1992) Rony vai para a ala hospitalar devido à mordida infectada que levou do dragão no dia anterior

08

D S T Q Q S S

09

D S T Q Q S S

10

D S T Q Q S S

11

D S T Q Q S S

12

D S T Q Q S S

13

D S T Q Q S S

14

D S T Q Q S S

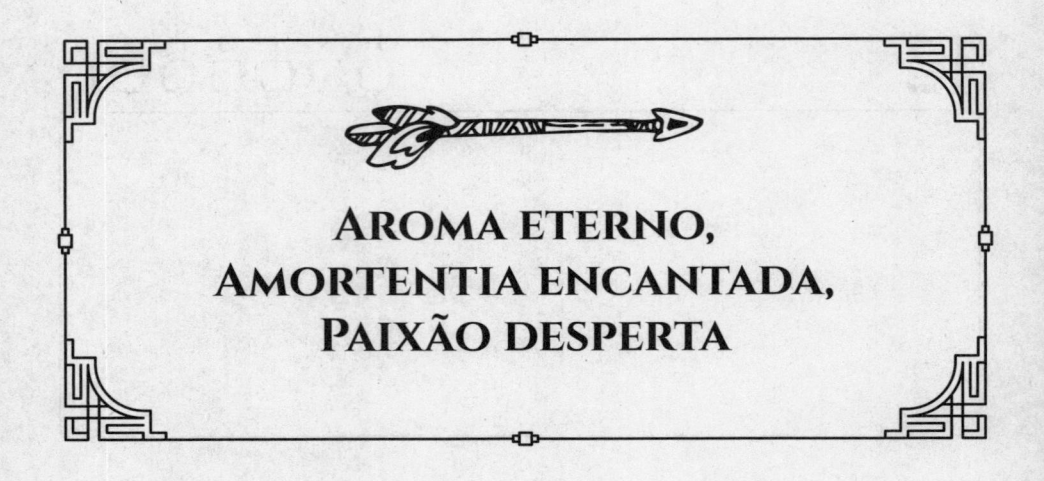

AROMA ETERNO,
AMORTENTIA ENCANTADA,
PAIXÃO DESPERTA

15

D S T Q Q S S

(Ano desconhecido) Aniversário de Pomona Sprout

16

D S T Q Q S S

17

D S T Q Q S S

(1997) Começam as fofocas em Hogwarts sobre o recente relacionamento de Harry Potter e Gina Weasley

18

D S T Q Q S S

19

D S T Q Q S S

(1292) Morre Ignoto Peverell, cujo filho herda a Capa da Invisibilidade

20

D S T Q Q S S

(1992) Hagrid encontra um unicórnio morto na Floresta Proibida

Estupefaça, feitiço de ação veloz,
Imobiliza oponentes com um toque feroz.
Seu poder audaz, sem piedade ou dó,
Deixa o adversário inerte, incapaz de agir só.

Impede o movimento com maestria e vigor,
Um instante suspenso, um momento de torpor.
Com um gesto, o mundo se aquieta,
Enquanto o feitiço desafia toda meta.

Com palavras mágicas e uma vontade firme,
Estupefaça detém o fluxo, faz o tempo sumir.
A batalha pausa, o inimigo atônito,
Enquanto o feitiço mostra seu domínio infinito.

Em um instante, a vitória se revela,
Oponentes derrotados, sem saída ou cela.
Com esse feitiço de poder sem igual,
Desvendas o segredo da vitória triunfal.

21

D S T Q Q S S

22

D S T Q Q S S

23

D S T Q Q S S

24

D S T Q Q S S

(1993) Harry e Rony seguem as aranhas até a Floresta Proibida e conhecem Aragogue

25

D S T Q Q S S

(1992) Harry ouve Quirrell discutindo com Lord Voldemort e presume que Snape esteja ameaçando Quirrell

26

D S T Q Q S S

(1995) Harry recebe uma carta de Sirius Black pedindo extrema cautela e uso de feitiços para a terceira tarefa do Torneio Tribruxo

Já imaginou restaurar todo o seu corpo desfigurado com apenas uma poção? Pois é exatamente isso que a Poção de Regeneração faz! Ela é uma das poções das trevas e tem como ingredientes cruciais um osso retirado do pai do bruxo e a carne de um de seus servos, mas o ingrediente mais importante é o sangue do inimigo. Isso mesmo, é necessário o sangue de alguém que foi considerado um inimigo!

Acredita-se que essa poção tenha sido usada por outros bruxos das trevas no passado e em 1994 foi utilizada por ninguém menos que Lord Voldemort, quando ele estava em busca de sua forma humana novamente. Ele queria que ela fosse mais forte e mais terrível do que nunca, por isso queria apenas o sangue de Harry Potter.

Com essa poção, Voldemort conseguiu recuperar seu novo corpo, mas com um erro crucial: o sangue de Harry, que foi utilizado na poção, fortaleceu a proteção que sua mãe dera a ele e o impediu de ser morto por Voldemort.

28

D S T Q Q S S

29

D S T Q Q S S

Riddikulus!

30

D S T Q Q S S

(1993) Dobby é libertado, graças a Harry, quando Lúcio, involuntariamente, o presenteia com uma das meias de Harry

O FEITIÇO NOX É USADO PARA APAGAR A LUZ DE UMA VARINHA, E É UM CONTRA-FEITIÇO DO LUMOS.

Nox, feitiço noturno, brilho a apagar,
Da varinha, os pontos de luz, na escuridão se dissipam.
Um toque mágico, a escuridão a reinar,
No silêncio da noite, as sombras se multiplicam.

ANOTAÇÕES

ANOTAÇÕES

ANOTAÇÕES

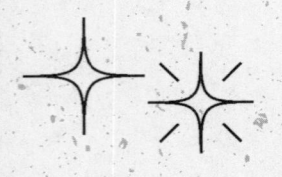

Junho

Metas	Hábitos

DOM	SEG	TER	QUA	QUI	SEX	SAB

01

D S T Q Q S S

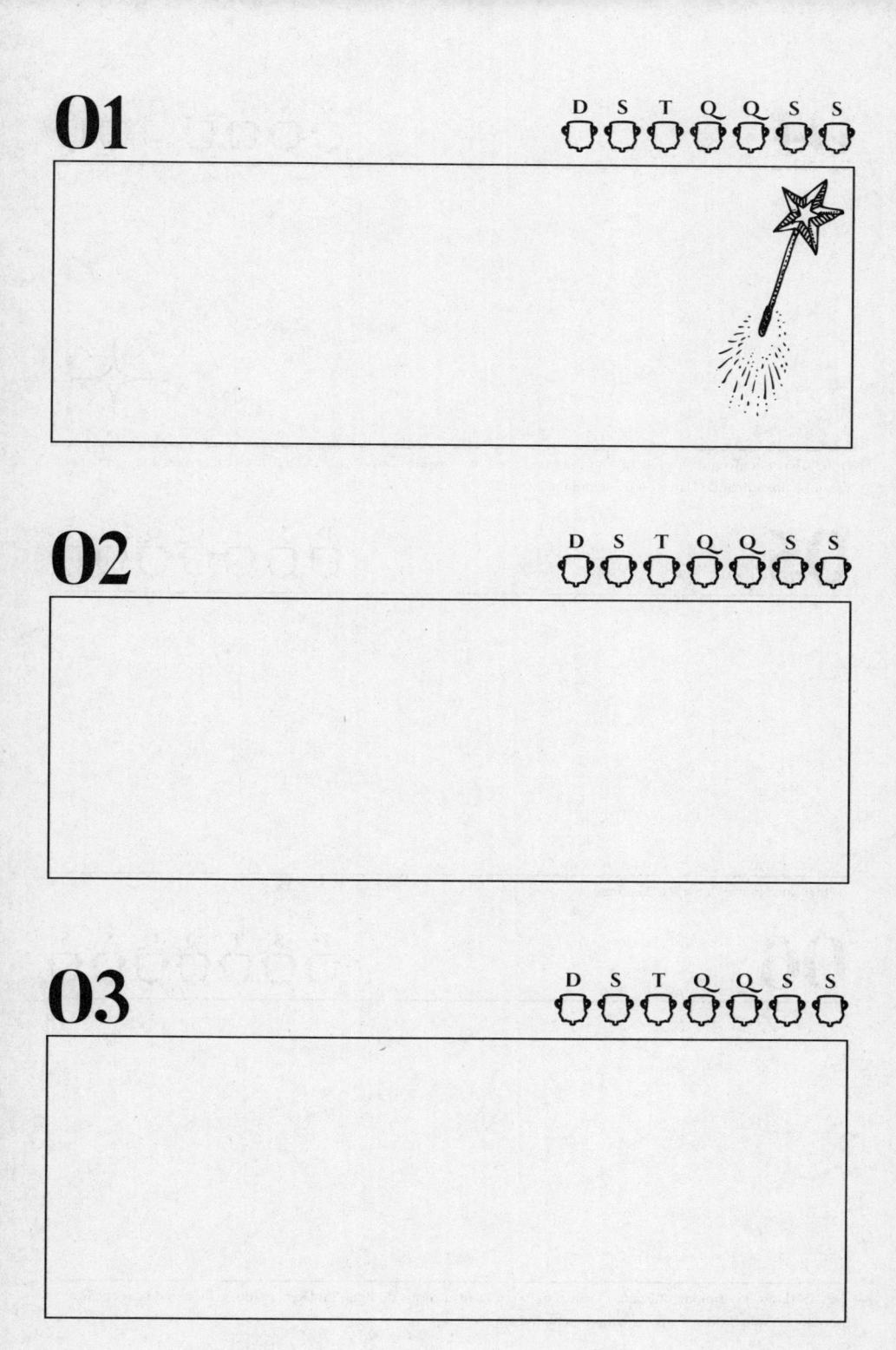

02

D S T Q Q S S

03

D S T Q Q S S

04

D S T Q Q S S

(1992) Harry confronta Quirrell, que abriga Lord Voldemort. Após derrotá-lo, Voldemort escapa como uma entidade voadora, nocauteando Harry com a Pedra em sua mão

05

D S T Q Q S S

(1980) Aniversário de Draco Malfoy

06

D S T Q Q S S

(1994) Harry e Hermione utilizam o Vira-Tempo para salvar Sirius do Beijo do Dementador e Bicuço da execução, permitindo que Sirius escape voando livremente em Bicuço

07

(1994) Lupin renuncia como professor de Defesa Contra as Artes das Trevas após Snape revelar sua condição de lobisomem

08

(1992) A Grifinória vence a Taça das Casas na festa de fim de ano no Grande Salão, com um acréscimo de 170 pontos

Salvio Hexia!

NO TURBILHÃO DAS BATALHAS E DAS TREVAS,
SURGE UM FEITIÇO QUE AS ESPERANÇAS ELEVA.
SALVIO HEXIA, PODER DEFENSIVO A BRILHAR,
DESVIANDO FEITIÇOS, PROTEGENDO SEM HESITAR.

09

D S T Q Q S S

10

D S T Q Q S S

11

D S T Q Q S S

12

13

(1943) Hagrid é acusado de ter aberto a Câmara Secreta e é expulso da escola, onde acabou ficando, como guarda-florestal

14

Salvio Hexia

O ENCANTAMENTO PROTETOR QUE DESAFIA A ESCURIDÃO. APRENDIDO EM TEMPOS DE ENSINO PRECÁRIO, TORNOU-SE A ARMA DOS CORAJOSOS. HERMIONE GRANGER O USOU PARA PROTEGER SEUS AMIGOS NAS SOMBRAS DA FLORESTA DE DEAN. ENFRENTANDO FORÇAS OBSCURAS, ELA LANÇOU ESSE FEITIÇO COM DESTEMOR. EM DEVON, O TRIO UNIDO RESISTIU AOS ATAQUES DOS COMENSAIS DA MORTE, COM SALVIO HEXIA OS CERCANDO COMO UM ESCUDO INVENCÍVEL. E QUANDO O DESTINO CHAMOU PARA A BATALHA FINAL, HARRY LANÇOU ESSE ENCANTAMENTO PODEROSO ANTES DE ADENTRAR HOGSMEADE. COM SALVIO HEXIA, ELES DESAFIARAM O PERIGO E EMERGIRAM TRIUNFANTES, PROTEGIDOS PELA MAGIA QUE DESVIA MALDIÇÕES E ENCANTA CORAÇÕES DESTEMIDOS.

15

D S T Q Q S S

16

D S T Q Q S S

17

D S T Q Q S S

(1996) Na Batalha do Departamento de Mistérios, Sirius Black é morto por Belatriz Lestrange, e Cornélio Fudge finalmente reconhece o retorno de Lord Voldemort

18

D S T Q Q S S

19

D S T Q Q S S

20

D S T Q Q S S

21

D S T Q Q S S

Chegada do Inverno

22

D S T Q Q S S

(1980) Aniversário de Dudley Dursley

23

D S T Q Q S S

(1991) No aniversário de seu primo Duda, Harry visita o zoológico com os Dursley e, de forma mágica e involuntária, libera uma jiboia de sua jaula

Inverno

Glacius é um feitiço que pode ser associado diretamente com o inverno no universo de Harry Potter. Ele é utilizado para criar uma rajada de ar frio, congelando objetos e inimigos. Como o inverno é uma estação marcada pelo frio e pela neve, Glacius representa a presença desses elementos na vida dos personagens. Além disso, o inverno é um período de tranquilidade e introspecção, onde os personagens podem se recuperar das batalhas anteriores e se preparar para novos desafios. Da mesma forma, Glacius permite que os personagens parem e reflitam antes de agir, congelando seus inimigos e dando-lhes tempo para planejar sua próxima jogada. É um feitiço que representa a força do inverno e a calma que ele pode trazer.

Ah, o inverno! A estação mais mágica do ano! E que tal experimentar a magia do feitiço "Glacius" neste inverno? Com esse feitiço, é possível criar um magnífico e refrescante raio de gelo que pode ser usado para diversas finalidades, como para gelar bebidas ou até mesmo fazer belas esculturas de gelo. Além disso, imagine que maravilhoso seria sair em uma aventura épica com seus amigos, atravessando montanhas cobertas de neve e utilizando o "Glacius" para criar uma ponte de gelo sobre os rios congelados! Com essa magia, as possibilidades são infinitas! E não se preocupe, a sensação de frio é apenas momentânea, pois o encanto permite controlar a temperatura do gelo, tornando-o tão quente ou tão frio quanto você quiser. Portanto, prepare sua varinha, vista sua camisola de lã e vamos curtir o inverno em grande estilo com o feitiço "Glacius"! Afinal, para os verdadeiros fãs de Harry Potter, o inverno é uma estação mágica e encantada, digna dos mais poderosos feitiços!

O Glacius Tria é o feitiço dos sonhos de qualquer duelador, pois é capaz de congelar o inimigo com a sua eficácia incomparável! Ele é a versão mais poderosa do Glacius, batendo não só o Glacius Uno, mas também o Glacius Duo. Este feitiço é mencionado no "Livro Padrão de Feitiços, 3ª Série", de Miranda Goshawk, mostrando que ele é um dos encantos mais avançados e difíceis de se aprender. Embora se saiba pouco sobre sua utilização, ele ainda é visto no jogo Harry Potter e o Prisioneiro de Azkaban como uma arma implacável para derrotar os seus inimigos. Que frieza!

Durante o inverno, as escolas de magia mais importantes da Europa se unem para uma competição incrível: o Torneio Tribruxo. A cada cinco anos, bruxos de todo o mundo organizam um evento cheio de emoção e perigos. Em "Harry Potter e o Cálice de Fogo", o Torneio é sediado em Hogwarts e, para surpresa de todos, Harry Potter é escolhido como um dos campeões - mesmo sem se inscrever! Ele é confrontado por três tarefas incríveis, incluindo enfrentar dragões e correr em um labirinto perigoso. No entanto, há mais do que apenas desafios emocionantes à espera dos competidores. Voldemort aparece, transformando o Torneio em um momento crucial na história de Harry e seus amigos.

Não devemos nos esquecer do Baile de Inverno, cujo propósito sinistro era adicionar um toque fascinante de mistério e perigo ao ano escolar de Harry Potter em Hogwarts. Com a ameaça constante de Lord Voldemort pairando sobre a comunidade mágica, o baile foi permeado por uma tensão palpável, com Harry e seus amigos sendo submetidos a todo tipo de perigos e desafios enquanto tentavam manter a calma e o foco em suas missões. No entanto, mesmo com todos os desafios e perigos que enfrentaram, Harry e sua equipe conseguiram superar seus medos e sair vitoriosos no final. Eles foram capazes de se conectar uns com os outros, dançar, se divertir e encontrar alegria em meio ao caos. Essa mensagem de que a jovialidade é importante, mesmo em tempos de guerra, é uma mensagem emocionante e atemporal que ecoa por toda a saga de Harry Potter.

24

D S T Q Q S S

(1995) A Segunda Guerra Bruxa inicia-se, apesar de o Ministério da Magia não admitir isso até o ano seguinte

25

D S T Q Q S S

26

D S T Q Q S S

27

28

Aniversário do Dobby

A poção de regeneração é um dos itens mais incríveis do universo de Harry Potter. A primeira vez que ela apareceu na franquia foi em *Harry Potter e o Cálice de Fogo*, onde Harry teve que tomá-la após lutar contra o dragão dentro do Torneio Tribruxo. A poção foi responsável por curar as suas queimaduras, e ajudou Harry a se recuperar em tempo para a próxima tarefa do torneio.

29

30

(1997) Alvo Dumbledore e Harry enfrentam perigos na caverna e encontram o medalhão de Sonserina. Snape mata Dumbledore após revelações de Draco

O sucesso da poção de regeneração em Harry Potter e o Cálice de Fogo fez com que ela também aparecesse no filme homônimo baseado no livro. A cena foi mantida em sua essência original, mostrando Harry tomando a poção enquanto Hermione e Ron o ajudavam a se recuperar.

Embora a poção de regeneração não tenha aparecido fisicamente em Harry Potter e as Relíquias da Morte, o nome dela foi mencionado no livro. Durante a batalha de Hogwarts, Neville Longbottom usou sua habilidade em Herbologia para misturar uma combinação perfeita de poções que ajudou a proteger seus colegas de guerra.

A poção de regeneração também apareceu no jogo LEGO Harry Potter: Anos 1-4, permitindo que os jogadores tomassem a poção para se curar e concluir as tarefas do jogo.

ANOTAÇÕES

ANOTAÇÕES

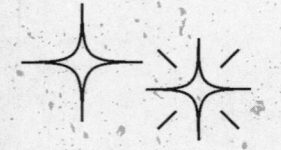

Julho

Metas	Hábitos

DOM	SEG	TER	QUA	QUI	SEX	SAB

01

D S T Q Q S S

(1996) Fudge é substituído por Scrimgeour como Ministro da Magia, e eles planejam informar o primeiro-ministro trouxa sobre eventos importantes

02

D S T Q Q S S

03

D S T Q Q S S

(1997) Funeral de Dumbledore

04

D S T Q Q S S

05

D S T Q Q S S

(1997) Voldemort e seus Comensais da Morte têm uma reunião na Mansão Malfoy. Caridade Burbage é assassinada

06

D S T Q Q S S

07

08

NO CALDEIRÃO FERVENTE, A POÇÃO BORBULHA,
PODER DE CURA QUE O BRUXO EMBRULHA.
MISTÉRIO E MAGIA EM SUA ESSÊNCIA,
A POÇÃO DE REGENERAÇÃO TRAZ RESILIÊNCIA.

NO CÁLICE DE FOGO, HARRY ENFRENTOU O DRAGÃO,
AS QUEIMADURAS ARDIAM, ERA UMA AFLIÇÃO.
MAS A POÇÃO VEIO EM SEU SOCORRO,
CURANDO SUAS FERIDAS, TRAZENDO ALÍVIO E VIGOR.

09

(1996) Harry Potter recebe uma carta de Alvo Dumbledore

10

11

12

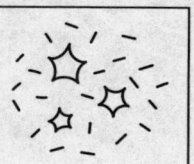

(1996) Dumbledore visita os Dursley, conversa com eles e sai com Harry para encontrar Slughorn, que aceita voltar a lecionar em Hogwarts

13

14

IMAGINE-SE DIANTE DE UMA AMEAÇA
ENCANTADA, DAS FADAS MORDENTES,
PEQUENAS CRIATURAS QUE ESPREITAM E
MORDEM FEROZMENTE. MAS NÃO TEMA,
POIS HÁ UMA SOLUÇÃO: O FADICIDA, UMA
POÇÃO MÁGICA EMPOLGANTE E PODEROSA.

ESSA POÇÃO, DE COR NEGRA E ODOR
DESAGRADÁVEL, É APLICADA ATRAVÉS
DE BORRIFADORES, E SEU EFEITO É
SIMPLESMENTE FASCINANTE. AO ENTRAR
EM CONTATO COM AS FADAS MORDENTES,
ELAS SÃO TEMPORARIAMENTE ESTUPORADAS,
PARALISADAS EM SEU ÍMPETO VORAZ. ASSIM, O
USUÁRIO PODE REMOVÊ-LAS COM SEGURANÇA,
SEM MEDO DE SER MORDIDO.

15

16

17

18

19

20

A receita do Fadicida está guardada no renomado Livro de Poções, revelando os ingredientes necessários para criar essa maravilha. Secreção de Bandinho, Casco de Lesmalenta, Fígado de Dragão, Essência de Conium maculatum, Tintura de Potentilla erecta e Essência de Cicuta virosa são os elementos que compõem essa mistura mágica.

Seu inventor, Zygmunt Budge, enfrentou desafios ao desenvolver essa fórmula. Em sua primeira tentativa, as Fadas Mordentes não foram repelidas, mas sim envoltas em chamas, causando um incêndio que se alastrou pela ilha de Hermetray. Contudo, com determinação e aprimoramentos subsequentes, Budge alcançou o sucesso desejado, eliminando todo o enxame e descartando seus cadáveres no mar.

22

D S T Q Q S S

23

D S T Q Q S S

24

D S T Q Q S S

25

26

27

(1997) Na Batalha dos Sete Potter, Voldemort busca matar Harry, resultando na morte de
Alastor Moody e da fiel coruja de Harry, Edwiges

Na Escola de Magia e Bruxaria de Hogwarts, o lendário
Professor Severo Snape ensinou seus alunos a preparar essa
poção fascinante. Em uma ocasião, os quartanistas foram
desafiados a prepará-la sem consultar anotações, confiando
apenas em suas memórias. O Professor Snape advertiu-os
para não desapontá-lo, pois lidar com as Fadas Mordentes
havia afetado seu humor negativamente.

Em meio a essa história envolvente, um episódio
emocionante ocorreu. O irmão ou irmã de Jacob,
após finalizar a poção, decidiu escrever um bilhete
para sua paixão, perguntando se os sentimentos eram
correspondidos. Infelizmente, Snape, furioso e acreditando
que era uma violação de suas instruções, leu o bilhete em
voz alta, causando constrangimento ao aluno. No entanto,
arrependido de suas ações, Snape chamou o estudante para
sua sala de aula e, ao prepararem mais Fadicida juntos,
indiretamente se desculpou pela forma como agiu.

28

29

30

(1980) Aniversário de Neville Longbottom

31

(1991) A primeira visita de Harry ao Beco Diagonal inicia sua jornada em Hogwarts, com a compra da varinha e encontros memoráveis em Gringotes

(1980) Aniversário de Harry Potter

ANOTAÇÕES

ANOTAÇÕES

ANOTAÇÕES

Agosto

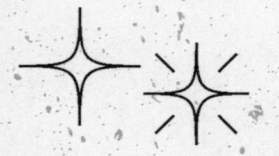

Metas	Hábitos

DOM	SEG	TER	QUA	QUI	SEX	SAB

01

D S T Q Q S S

(1997) Gui Weasley e Fleur Delacour se casam na Toca

02

D S T Q Q S S

03

D S T Q Q S S

(1992) Harry é resgatado de seu quarto, onde estava trancado, por Ron, Fred e George Weasley em uma emocionante fuga a bordo do Ford Anglia voador

MAIS CURIOSIDADES SOBRE O FADICIDA

Em outra ocasião, o Fadicida desempenhou um papel crucial no Castelo de Hogwarts. Uma infestação das Fadas Mordentes ameaçava a tranquilidade dos corredores, e o irmão ou irmã de Jacob e seus amigos decidiram enfrentar essa adversidade. Com o auxílio do Feitiço Flipendo e misturando água ao Fadicida, eles conseguiram afogar a Rainha das Fadas Mordentes, a principal responsável pela infestação no banheiro dos monitores.

Essa poção mágica também foi utilizada no Largo Grimmauld, nº 12, sede da Ordem da Fênix. Molly Weasley e os jovens bravamente empunharam o Fadicida para remover as Fadas Mordentes das cortinas, garantindo que a Ordem pudesse operar em paz. Os irmãos Fred e Jorge Weasley, sempre cheios de criatividade, até utilizaram a poção para capturar as Fadas e estudar seu veneno, desenvolvendo seu famoso Kit Mata-Aula.

04

05

06

07

D S T Q Q S S

08

D S T Q Q S S

09

D S T Q Q S S

10

D S T Q Q S S

11

D S T Q Q S S

(1981) Aniversário de Gina Weasley

12

D S T Q Q S S

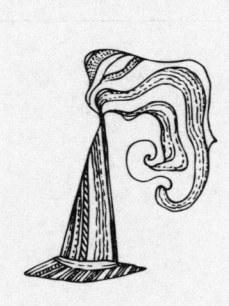

EM HOGWARTS, NEVILLE USOU SEU TALENTO,
MISTUROU POÇÕES COM PERFEITO INTENTO.
PROTEÇÃO NA BATALHA, CORAGEM EM SUAS MÃOS,
A POÇÃO DE REGENERAÇÃO SALVANDO CORAÇÕES.

NO MUNDO MÁGICO, EM JOGOS E AVENTURAS,
A POÇÃO DE REGENERAÇÃO É UMA FIGURA.
CURANDO, RENOVANDO, EM CADA PASSO,
SEUS PODERES ENCANTAM, SÃO UM ABRAÇO.

ASSIM, EM POÇÕES E ENCANTAMENTOS,
A MAGIA SE REVELA EM MOMENTOS.
A POÇÃO DE REGENERAÇÃO, UM BÁLSAMO,
RENOVA A ESPERANÇA, TRAZ PAZ E ACALMA.

14

D S T Q Q S S

15

D S T Q Q S S

16

D S T Q Q S S

(1994) Harry recebe um convite para a Copa Mundial de Quadribol após ter um perturbador
sonho com Voldemort matando Franco Bryce

17

D S T Q Q S S

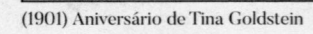

(1994) Na 422ª Copa do Mundo de Quadribol, a Irlanda vence a Bulgária, mas um Comensal da Morte perturba o evento ao lançar a Marca Negra

18

D S T Q Q S S

19

D S T Q Q S S

(1901) Aniversário de Tina Goldstein

(1992) Lúcio Malfoy entrega o diário de Tom Riddle a Gina Weasley na livraria Floreios e Borrões durante as compras no Beco Diagonal

20

21

22

(1976) Aniversário de Percy Weasley

Nos bastidores, há curiosidades intrigantes. O nome original da poção Fadicida, Doxycide, assemelha-se à "doxiciclina", um antibiótico utilizado no tratamento de infecções bacterianas e parasitárias. Além disso, há uma observação peculiar sobre a forma de administrar a poção em Harry Potter: Hogwarts Mystery, onde o irmão ou irmã de Jacob considera mergulhar a Rainha das Fadas Mordentes no Fadicida, ao invés de derramá-lo diretamente. Embora isso contradiga a forma convencional de uso, é uma mostra da criatividade e aventura presentes nesse mundo mágico.

A jornada do Fadicida é repleta de emoção e superação, revelando seu poder para enfrentar as Fadas Mordentes e trazer segurança aos bruxos e bruxas. Essa poção extraordinária é um exemplo do maravilhoso universo de Harry Potter, onde a magia se entrelaça com o perigo e a bravura, criando histórias que nos encantam e nos fazem sonhar.

23

D S T Q Q S S

24

D S T Q Q S S

25

D S T Q Q S S

26

D S T Q Q S S

Aniversário de Dolores Umbridge

27

D S T Q Q S S

28

D S T Q Q S S

29

D S T Q Q S S

30

D S T Q Q S S

Imagina só poder visitar aquele lugar secreto sem se preocupar em ser descoberto pelos trouxas. Ou então, poder andar com seu objeto mágico favorito na rua sem levantar suspeitas... Com Repello Trouxatum isso é possível!

Esse feitiço poderoso cria uma barreira de proteção que impede qualquer trouxa de ver lugares ou objetos relacionados ao mundo mágico. Ou seja, se você lançar Repello Trouxatum ao redor de um local mágico, qualquer trouxa que se aproxime será obrigado a se afastar, sem nem sequer perceber o porquê. E caso ele já esteja dentro do perímetro de proteção, sua memória será afetada, fazendo com que se esqueça do que viu ali e, muitas vezes, até mesmo de sua presença naquele local.

Essa é a solução mais efetiva para manter nossa comunidade em segurança e intacta. Confiar que trouxas não vão perceber nossa existência é arriscado e, muitas vezes, fatal. Mas com Repello Trouxatum, podemos continuar vivendo em nosso mundo mágico sem medo de sermos descobertos.

Não deixe de experimentar esse feitiço poderoso e garanta a segurança de sua comunidade mágica. Proteja-se com Repello Trouxatum.

ANOTAÇÕES

ANOTAÇÕES

ANOTAÇÕES

Setembro

Metas	Hábitos

DOM	SEG	TER	QUA	QUI	SEX	SAB

01

D S T Q Q S S

(1997) Neville, Luna e Gina lideram a resistência em Hogwarts, enquanto Comensais da Morte procuram Harry no Expresso de Hogwarts

02

D S T Q Q S S

(1996) Harry é enfeitiçado por Malfoy no Expresso de Hogwarts, mas Tonks o resgata e Snape o leva ao Banquete de Boas-Vindas em Hogwarts

03

D S T Q Q S S

(1992) Gilderoy Lockhart dá sua primeira aula de Defesa Contra as Artes das Trevas no segundo ano e solta os elfos da Cornualha na sala de aula

04

05

(1992) Draco Malfoy causa incidente revelador, enquanto Ron é punido e Harry enfrenta o aterrorizante Basilisco pela primeira vez

06

07

08

NO MÊS DE SETEMBRO, AO DESPERTAR DA AURORA,
ACCIO, PODER MÁGICO, SE REVELA EM GLÓRIA.
A PRIMAVERA FLORESCE, TRAZENDO RENOVAÇÃO,
ACCIO, A MAGIA QUE TRAZ SONHOS EM PROFUSÃO.

COM ACCIO, TRAGA TUDO O QUE SEU CORAÇÃO DESEJAR,
NA PRIMAVERA, OS SONHOS ESTÃO PRONTOS A SE REALIZAR.

09

10

11

(1991) Harry se torna um buscador do time de Quadribol da Casa da Grifinória

Férula!

COM A MAGIA DA FÉRULA, UM ENCANTAMENTO,
CURANDO FERIDAS, TRAZENDO ALENTO.
SEU PODEROSO TOQUE, UM CUIDADO PROFUNDO,
FÉRULA, MAGIA QUE ALIVIA O MUNDO.

FÉRULA É UM FEITIÇO USADO PARA CURAR
OSSOS QUEBRADOS.

13

(1996) Stan Rocade é preso. Hannah Abbot fica sabendo da morte de sua mãe

14

15

16

D S T Q Q S S

17

D S T Q Q S S

18

D S T Q Q S S

19

D S T Q Q S S

(1979) Aniversário de Hermione Granger

20

D S T Q Q S S

21

D S T Q Q S S

Aparecium!

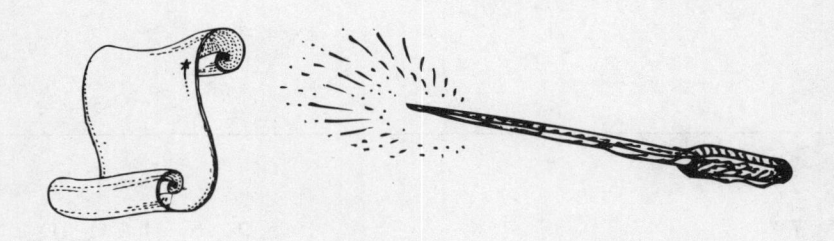

APARECIUM, ENCANTO DE MAGIA E ESPLENDOR,
REVELA SEGREDOS OCULTOS, MISTÉRIO EM FLOR.
TINTA INVISÍVEL, AGORA VEM À LUZ,
APARECIUM, DESVENDANDO O QUE RELUZ.

APARECIUM É UM FEITIÇO QUE FAZ TINTA
INVISÍVEL APARECER.

23

D S T Q Q S S

(1999) Kingsley Shacklebolt se casa com Sabrina Shacklebolt

Chegada da Primavera

24

D S T Q Q S S

25

D S T Q Q S S

Primavera

Ah, a primavera! A estação mais vibrante e cheia de vida! E que tal experimentar a magia de "Herbivicus" nesta temporada encantada? Com esse feitiço, você pode fazer com que plantas e flores cresçam e floresçam instantaneamente ao seu redor, transformando qualquer ambiente em um verdadeiro jardim mágico. Imagine-se caminhando por um campo verdejante, com flores multicoloridas e arbustos exuberantes se estendendo até onde os olhos podem ver. Com "Herbivicus", você pode trazer a magia da natureza para a vida, enchendo o mundo ao seu redor com vida, vitalidade e renovação.

Mas a magia de "Herbivicus" vai além da beleza das plantas. Assim como a primavera é uma época de renovação e crescimento, "Herbivicus" representa a capacidade de florescer e se desenvolver, assim como as plantas que emergem do solo após o inverno. Permita que essa magia inspire você a buscar sua própria transformação e crescimento pessoal. Assim como as plantas que buscam a luz do sol, deixe "Herbivicus" iluminar o caminho para seus objetivos e sonhos. Deixe-o alimentar sua paixão, nutrir sua criatividade e encorajar seu florescimento em todas as áreas da sua vida.

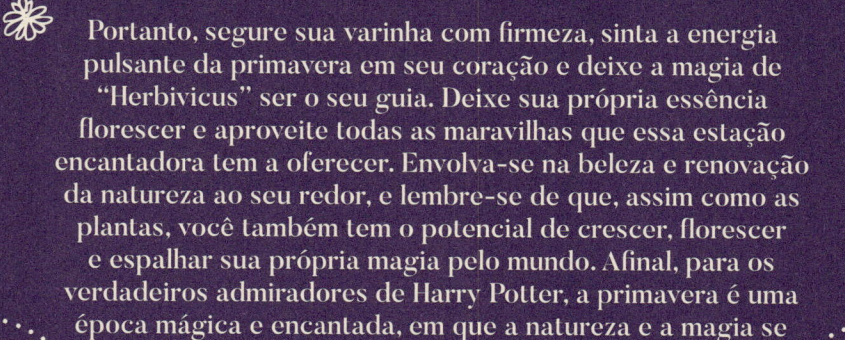

Portanto, segure sua varinha com firmeza, sinta a energia pulsante da primavera em seu coração e deixe a magia de "Herbivicus" ser o seu guia. Deixe sua própria essência florescer e aproveite todas as maravilhas que essa estação encantadora tem a oferecer. Envolva-se na beleza e renovação da natureza ao seu redor, e lembre-se de que, assim como as plantas, você também tem o potencial de crescer, florescer e espalhar sua própria magia pelo mundo. Afinal, para os verdadeiros admiradores de Harry Potter, a primavera é uma época mágica e encantada, em que a natureza e a magia se unem em perfeita harmonia.

Herbivicus!

Descubra o encanto poderoso do Herbivicus, um feitiço encontrado no lendário livro da Professora Pomona Sprout, e que teve sua primeira aparição no jogo "Harry Potter e o Cálice de Fogo". Mergulhe na magia das Estufas de Hogwarts enquanto desvenda seus segredos vibrantes! Este feitiço foi ensinado aos alunos do quinto ano em celebrações especiais no Dia dos Namorados de 1989. Com o Herbivicus, é possível acelerar o crescimento das plantas e ver verdadeiros espetáculos da natureza ganhando vida. Lembre-se do contra-feitiço Finite Incantatem para desfazer magias indesejadas. Seu criador, Gregory Herbológix, foi imortalizado por sua contribuição para a herbologia. Para executar o Herbivicus, basta apontar a varinha, tocar na planta e dizer a palavra mágica: Herbivicus! Sinta a energia fluir e testemunhe o poder transformador das plantas ganhando vida sob sua tutela. Embarque nessa jornada botânica, em que cada toque mágico traz florescimento e crescimento exuberante. Desperte a magia botânica dentro de você e torne-se um mestre da natureza!

Na primavera de 1992, Harry Potter e seus amigos embarcaram em uma aventura emocionante e perigosa. Após receberem a missão proibida de cuidar secretamente de um ovo de dragão, eles enfrentaram desafios para proteger a criatura, que acabou revelando-se uma fêmea chamada Norberta. Com coragem e determinação, o trio planejou um encontro com o irmão de Rony, um domador de dragões, para garantir a segurança do animal.

No entanto, suas ações não passaram despercebidas e eles foram descobertos, enfrentando as consequências nas mãos do severo Argus Filch e da professora McGonagall. Detenção e perda de pontos para suas casas foram apenas parte das punições que enfrentaram.

Enquanto isso, Harry continuou sua busca pela verdade oculta sob os cuidados de Fofo, o cão de três cabeças. Com a ajuda de seus amigos e pistas valiosas, ele desvendou que o objeto em questão era a lendária Pedra Filosofal, cujo segredo estava ligado ao Professor Dumbledore e Nicolau Flamel.

Avançando para a primavera de 1998, o trio enfrentou novos desafios em meio à batalha contra Voldemort. Por um acidente, Harry ativou uma maldição Tabu que levou à sua captura por um grupo de sequestradores. Arrastados para a Mansão Malfoy e nas mãos de Belatriz Lestrange, eles enfrentaram momentos de tortura e terror, com Hermione sofrendo especialmente nas mãos da cruel bruxa. Rony, impotente, ouvia os gritos angustiantes de sua amiga.

Esses eventos tumultuados nas primaveras de 1992 e 1998 testaram a coragem e a resiliência do trio de amigos, revelando os perigos enfrentados enquanto lutavam contra as forças das trevas. A primavera em Harry Potter foi marcada por desafios extremos, sacrifícios corajosos e momentos de intensa emoção que ajudaram a moldar a história do famoso bruxo e seus leais companheiros.

Fidelius!

**O FEITIÇO FIDELIUS É UM FEITIÇO EXTREMAMENTE
COMPLEXO, QUE IMPLICA ESCONDER O SEGREDO,
POR MEIO DA MAGIA, EM UMA ÚNICA PESSOA VIVA.**

Fidelius, encanto poderoso e singular,
Esconde o segredo em quem confiar.
Magia complexa, mistério resguardado,
No coração de um guardião, segredo imaculado.

28

D S T Q Q S S

29

D S T Q Q S S

30

D S T Q Q S S

Expulso

É UM FEITIÇO UTILIZADO PARA EXPLODIR COISAS.

Expulso, feitiço de impacto e explosão,
Desperta o poder em sua vibração.
Magia potente, força incontrolada,
Com um estalar, a destruição é alada.

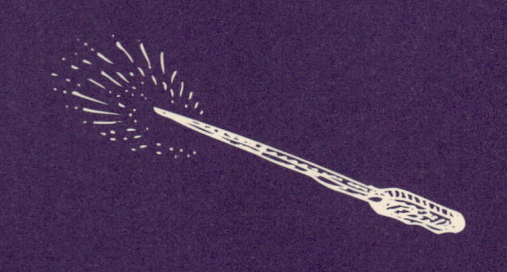

ANOTAÇÕES

ANOTAÇÕES

ANOTAÇÕES

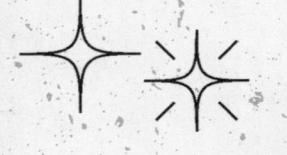

Outubro

Metas	Hábitos

DOM	SEG	TER	QUA	QUI	SEX	SAB

01

02

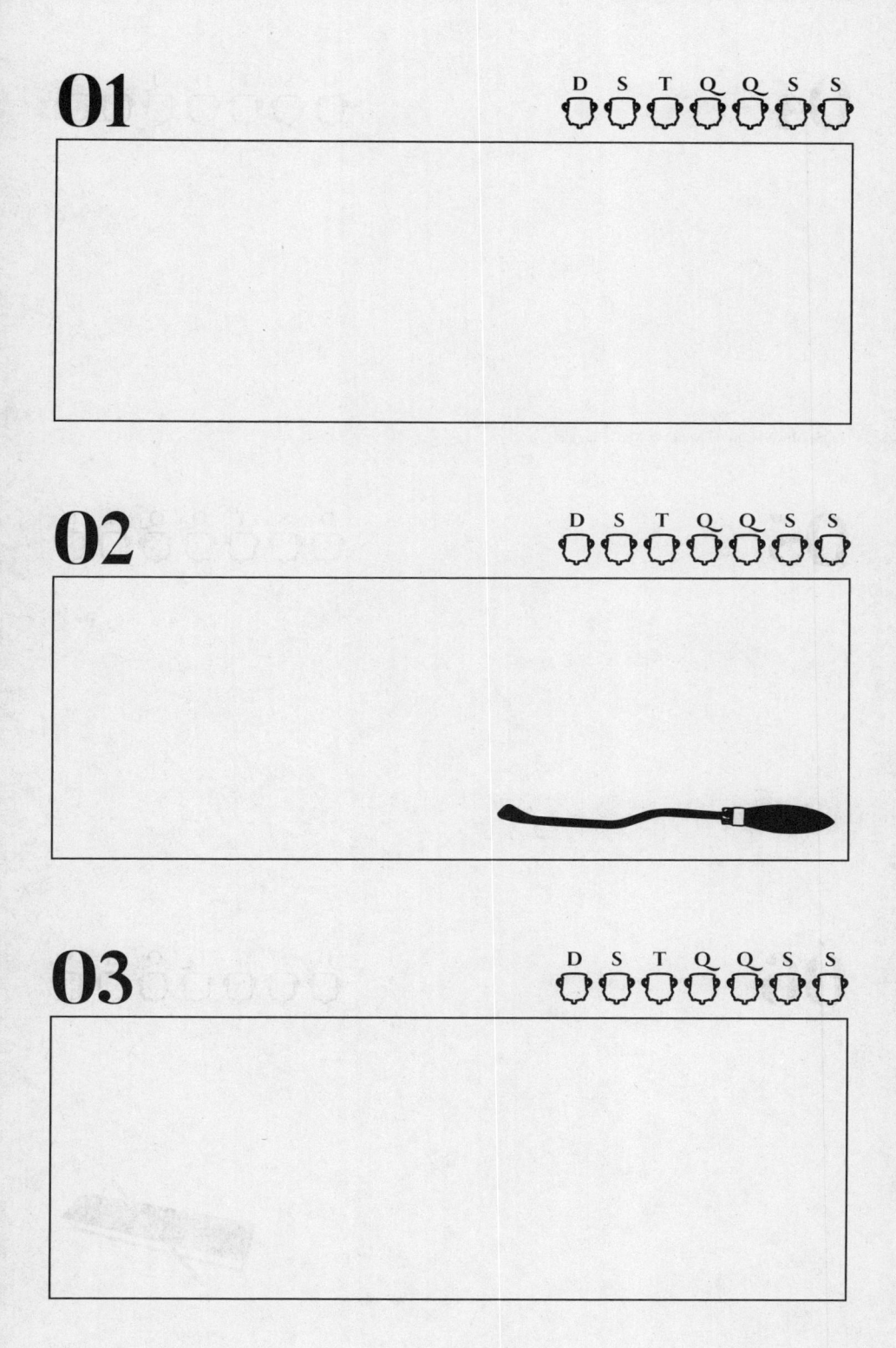

03

04

D S T Q Q S S

(1935) Aniversário de Minerva McGonagall

05

D S T Q Q S S

06

D S T Q Q S S

07

08

ACCIO, A MAGIA DO CHAMADO,
EM OUTUBRO, O PODER É REVELADO.
ATRAIA SEUS SONHOS COM DETERMINAÇÃO,
ACCIO CORAGEM PARA ALCANÇAR A SUPERAÇÃO.

09

D S T Q Q S S

10

D S T Q Q S S

11

D S T Q Q S S

12

D S T Q Q S S

(1996) Harry lê o livro do Príncipe e inadvertidamente levita Ron enquanto experimenta o Levicorpus

13

D S T Q Q S S

14

D S T Q Q S S

(1996) Dumbledore revela a Harry seu encontro inicial com Tom Riddle no orfanato, e eles discutem a personalidade do jovem bruxo

(1996) Ron e Hermione debatem sobre o Clube do Slugue e a festa de Natal iminente, enquanto Harry percebe a crescente atração entre os dois

Crucio!

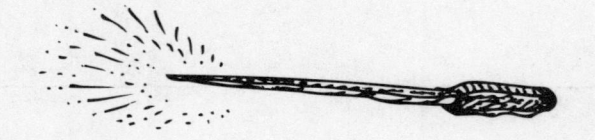

O Feitiço Crucio é uma das mais temidas Maldições Imperdoáveis, utilizadas por Voldemort e seus seguidores em busca de poder e controle. Seu efeito é devastador, causando uma dor inimaginável que faz a vítima sentir como se seus ossos estivessem sendo esmagados. Infelizmente, não há contra-feitiço conhecido capaz de neutralizar seu impacto.

16

D S T Q Q S S

17

D S T Q Q S S

18

D S T Q Q S S

19

20

21

22

23

Vingardium Leviosa!

**VINGARDIUM LEVIOSA,
MAGIA QUE FLUTUA,
SONHOS ALCANÇAM O CÉU.**

Vingardium Leviosa é o feitiço da levitação, usado para levitar objetos.

24

D S T Q Q S S

25

D S T Q Q S S

26

D S T Q Q S S

A POÇÃO POLISSUCO PERMITE AO BEBEDOR ASSUMIR A FORMA DE OUTRA PESSOA.

Polissuco mágico,
Transformações em fluxo,
Outra pele, alma.

27

D S T Q Q S S

28

D S T Q Q S S

29

D S T Q Q S S

30

31

(1994) Harry é nomeado campeão no Torneio Tribruxo

Petrificus Totalus!

PETRIFICUS TOTALUS, FEITIÇO IMOBILIZADOR,
UM TOQUE MÁGICO, E O CORPO A PETRIFICAR.
PARALISADO NO TEMPO, SEM PODER SE MOVER,
UMA ESTÁTUA VIVA, PRESA EM SEU PRÓPRIO SER.

ANOTAÇÕES

ANOTAÇÕES

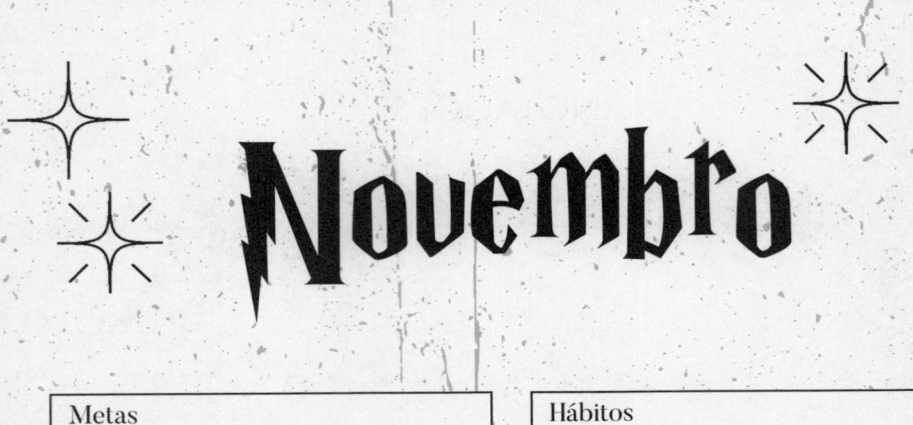

Novembro

Metas	Hábitos

DOM	SEG	TER	QUA	QUI	SEX	SAB

01

D S T Q Q S S

02

D S T Q Q S S

03

D S T Q Q S S

(1959) Aniversário de Sirius Black

04

D S T Q Q S S

05

D S T Q Q S S

06

D S T Q Q S S

07

D S T Q Q S S

08

D S T Q Q S S

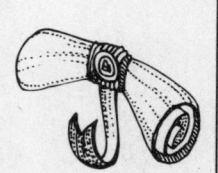

PATRONO, SÍMBOLO DE PUREZA E PODER,
EM TI ENCONTRO A FORÇA PARA VENCER.
EM TEU BRILHO, ENCONTRO CONFORTO E ALENTO,
OH, PATRONO, GUIA-ME EM CADA MOMENTO.

ASSIM SEJA, INVOCO-TE COM DEVOÇÃO,
PATRONO, ILUMINAÇÃO DA MINHA PROTEÇÃO.
QUE TEU PODER SE MANIFESTE COM GLÓRIA,
E AFASTE TODA SOMBRA, CONTANDO TUA HISTÓRIA.

09

(1991) Primeira partida de quadribol de Harry entre Grifinória e Sonserina

10

11

12

D S T Q Q S S

13

D S T Q Q S S

14

D S T Q Q S S

NA SOMBRIA ESCURIDÃO, SURGE O SINISTRO VÉU,
A MALDIÇÃO IMPERIUS, PODER QUE SUBJUGOU O CÉU.
EM SUAS TREVAS, A MENTE PERDE A LUCIDEZ,
NAS GARRAS DO CONTROLE, A ALMA SE DESFEZ.

O FEITIÇO IMPERIO, FÓRMULA DA SERVIDÃO,
ATUA IMPIEDOSO, TRAÇANDO A SUBMISSÃO.
A VÍTIMA, ENREDADA EM TEIAS DE ILUSÃO,
PERDE SUA ESSÊNCIA, PERDENDO-SE NA ESCURIDÃO.

15

D S T Q Q S S

16

D S T Q Q S S

17

D S T Q Q S S

18

D S T Q Q S S

19

D S T Q Q S S

20

D S T Q Q S S

21

22

INVISÍVEL AOS OLHOS, MAS VISÍVEL NA MUDANÇA,
A VONTADE É ARRANCADA, A LIBERDADE EM DANÇA.
NO VÓRTICE SOMBRIO, O CERTO E O ERRADO SE ENTRELAÇAM,
E A ALMA APRISIONADA, SOB AS ORDENS QUE TRESPASSAM.

OH, MALDIÇÃO IMPERDOÁVEL, TEU PODER SOMBRIO,
CONTROLANDO AS MENTES, TECENDO O VÍCIO.
MAS HÁ CORAÇÕES FORTES QUE RESISTEM À OPRESSÃO,
LUTANDO CONTRA AS CORRENTES, EM BUSCA DA REDENÇÃO.

26

27

QUE A LUZ DA LIBERDADE ROMPA ESSA PRISÃO,
E QUE A ALMA, OUTRORA PERDIDA, ENCONTRE SUA RAZÃO.
QUEBRANDO AS AMARRAS, EMERGINDO COM BRAVURA,
CONTRA A MALDIÇÃO IMPERIUS, A VITÓRIA SE PROCURA.

28

D S T Q Q S S

29

D S T Q Q S S

30

D S T Q Q S S

Portus!

O FEITIÇO PORTUS TRANSFORMA QUALQUER OBJETO EM UMA CHAVE DE PORTAL.

Com o encanto do Portus, poder profundo,
Qualquer objeto se torna um portal fecundo.
Uma chave mágica que abre a dimensão,
Conduzindo a aventuras, além da razão.

ANOTAÇÕES

ANOTAÇÕES

Dezembro

Metas	Hábitos

DOM	SEG	TER	QUA	QUI	SEX	SAB

01

(1995) Hermione Granger e Rony Weasley supervisionam a decoração do castelo

02

03

04

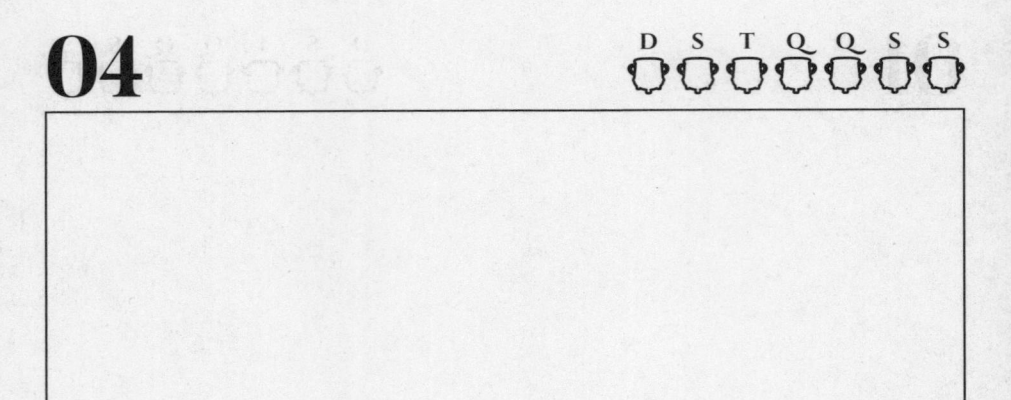

05

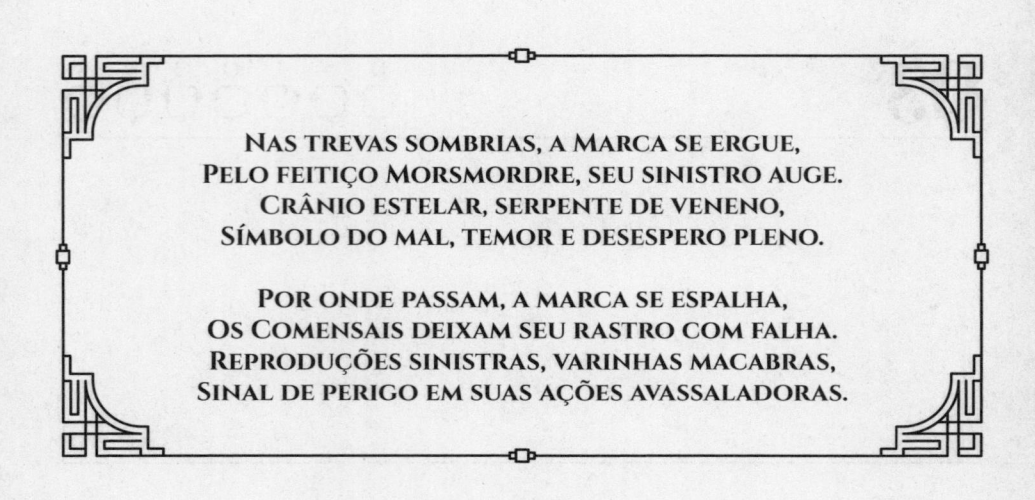

NAS TREVAS SOMBRIAS, A MARCA SE ERGUE,
PELO FEITIÇO MORSMORDRE, SEU SINISTRO AUGE.
CRÂNIO ESTELAR, SERPENTE DE VENENO,
SÍMBOLO DO MAL, TEMOR E DESESPERO PLENO.

POR ONDE PASSAM, A MARCA SE ESPALHA,
OS COMENSAIS DEIXAM SEU RASTRO COM FALHA.
REPRODUÇÕES SINISTRAS, VARINHAS MACABRAS,
SINAL DE PERIGO EM SUAS AÇÕES AVASSALADORAS.

06

(1928) Aniversário de Rúbeo Hagrid

07

08

09

D S T Q Q S S

10

D S T Q Q S S

11

D S T Q Q S S

12

13

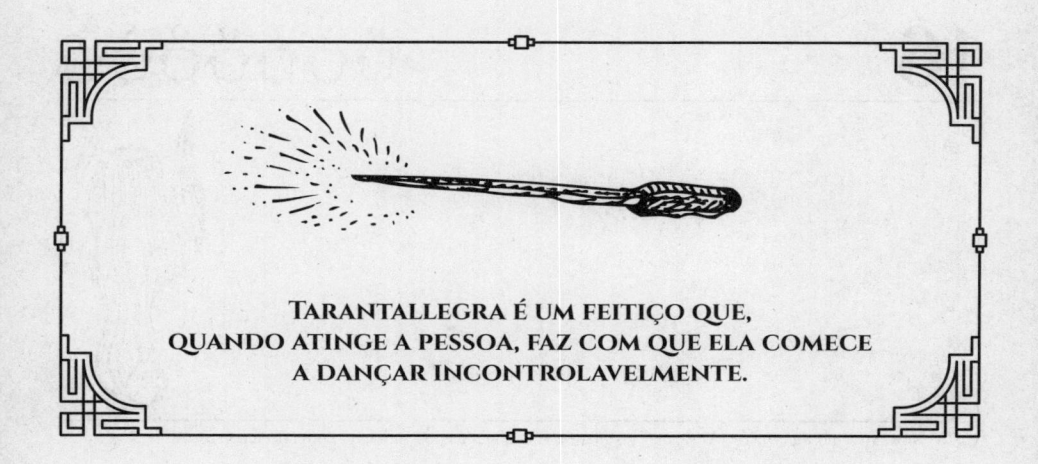

TARANTALLEGRA É UM FEITIÇO QUE, QUANDO ATINGE A PESSOA, FAZ COM QUE ELA COMECE A DANÇAR INCONTROLAVELMENTE.

14

D S T Q Q S S

15

D S T Q Q S S

16

D S T Q Q S S

(1926) Newt vai embora de Nova York, mas promete a Tina que lhe entregará uma cópia de seu livro

17

D S T Q Q S S

(1992) Durante um tenso duelo com Draco Malfoy, Harry faz uma descoberta surpreendente: ele é capaz de falar língua de cobra

18

D S T Q Q S S

(1993) Harry ganha o mapa do maroto de Fred e Jorge Weasley

(1995) Harry Potter e Cho Chang se beijam diante do visco

19

D S T Q Q S S

(1996) Romilda Vane tenta fazer Harry beber uma Poção do Amor

20

(1996) Slughorn, o novo Mestre das Poções em Hogwarts, organiza uma festa de Natal exclusiva para seus alunos favoritos e outros convidados

21

(1991) Hagrid monta os 12 pinheiros de Natal no salão principal em Hogwarts

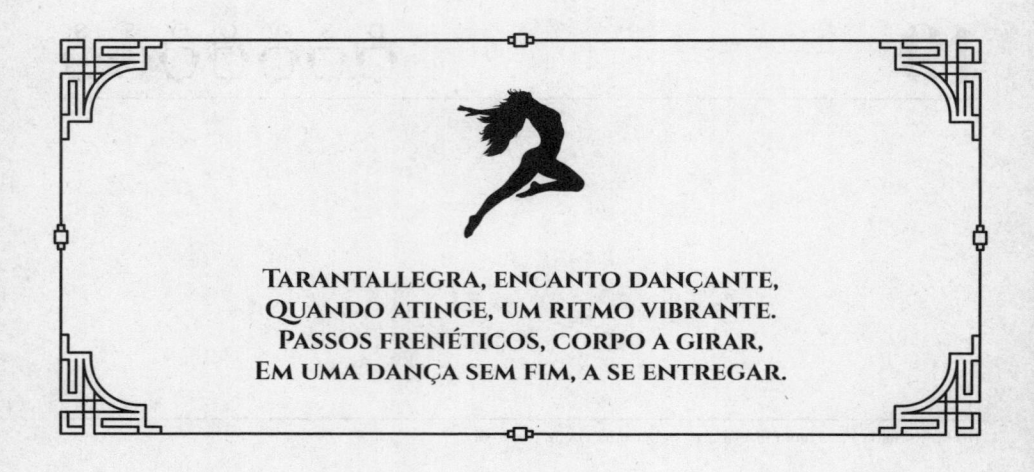

TARANTALLEGRA, ENCANTO DANÇANTE,
QUANDO ATINGE, UM RITMO VIBRANTE.
PASSOS FRENÉTICOS, CORPO A GIRAR,
EM UMA DANÇA SEM FIM, A SE ENTREGAR.

22

D S T Q Q S S

Chegada do Verão

23

D S T Q Q S S

24

D S T Q Q S S

(1997) Harry e Hermione são atacados em Godric's Hollow por Nagini e escapam por pouco de Voldemort

Verão

Flipendo é um feitiço que pode ser relacionado com o começo do verão no universo de Harry Potter. Usado para empurrar objetos e inimigos, criando uma força que os repele, assim como o verão traz uma energia vibrante para as pessoas, o Flipendo traz uma força positiva para os objetos e as pessoas que com ele interagem. Além disso, o início do verão costuma marcar um período de transição nas atividades das pessoas, assim como o Flipendo é um feitiço que marca uma mudança no curso das batalhas em Harry Potter.

Pensar em Flipendo é como sentir uma brisa fresca batendo em nossos rostos em um dia quente de verão. É uma magia que nos enche de energia e vitalidade, nos preparando para encarar qualquer desafio que vier pela frente. No verão, quando o sol está alto e o clima convida para as mais variadas atividades ao ar livre, o Flipendo é uma magia essencial para quem busca se divertir e se aventurar. Imagine só, poder se juntar aos amigos para uma emocionante partida de quadribol, usando todo o poder do Flipendo para afastar os adversários e garantir a vitória. Ou então, embarcar em uma jornada cheia de mistérios e enigmas, usando a magia para desvendar os segredos mais profundos dos locais mais encantadores do mundo bruxo. Com o Flipendo, cada dia de verão se torna uma oportunidade única de se conectar com o mundo mágico de Harry Potter, vivendo as mais incríveis aventuras e criando memórias inesquecíveis. Então não perca tempo, coloque seu chapéu de bruxo, pegue sua varinha e embarque nessa jornada impressionante, cheia de magia, diversão e muita, muita aventura!

O Feitiço de Empurrão é simplesmente encantador! Ele foi criado para empurrar inimigos e objetos, como blocos, para que Harry possa alcançar lugares mais altos. apareceu pela primeira vez no videogame Harry Potter e a pedra filosofal, em uma aula de Defesa contra as artes das trevas, com o professor Quirino Quirrell. Desde então, esse feitiço se tornou famoso e está presente em muitos jogos da franquia Harry Potter, incluindo os da Lego. Agora, alguns fãs acreditam que o Feitiço de Empurrão e Flipendo sejam a mesma coisa, o que acabou sendo confirmado oficialmente em 2016, na peça Harry Potter e a criança amaldiçoada. Então, agarre sua vassoura e comece a usar esse feitiço para empurrar tudo o que encontrar pela frente!

Foi no verão de 1881 que nasceu Alvo Dumbledore, em uma cidadezinha da Inglaterra, Mould-on-the-Wold, mais precisamente em 21 de agosto. Foi no verão de 1899 que ele conheceu Gellert, e os dois se apaixonaram um pelo outro. Foi também em um verão, em 1996, que ele, diretor da Escola de Magia e Bruxaria de Hogwarts, considerado o maior bruxo dos tempos modernos, e talvez de todos os tempos, rastreou uma das Horcruxes de Voldemort até a casa de Gaunt, em cujas ruínas encontrou um anel que pertencera a Servolo Gaunt, e descobriu que a pedra desse anel era a Pedra da Ressurreição, uma das três Relíquias da Morte. Ao colocar no dedo o anel, que tinha sido amaldiçoado por Voldemort, tornou-se vítima da maldição, porém, mesmo ferido, conseguiu destruir a joia e, com isso, um pedaço da alma de Voldemort.

De acordo com Alvo Dumbledore, em Harry Potter e a Pedra Filosofal, é importante lembrar que não adianta apenas sonhar e esquecer de viver.

25

(1991) Harry recebe a capa de invisibilidade de seu pai

26

(1991) Harry leva Rony para ver o espelho de Ojesed

27

28

(1997) Rony se reúne com seus amigos e, com a Espada de Godrico Gryffindor, destrói o medalhão Horcrux

29

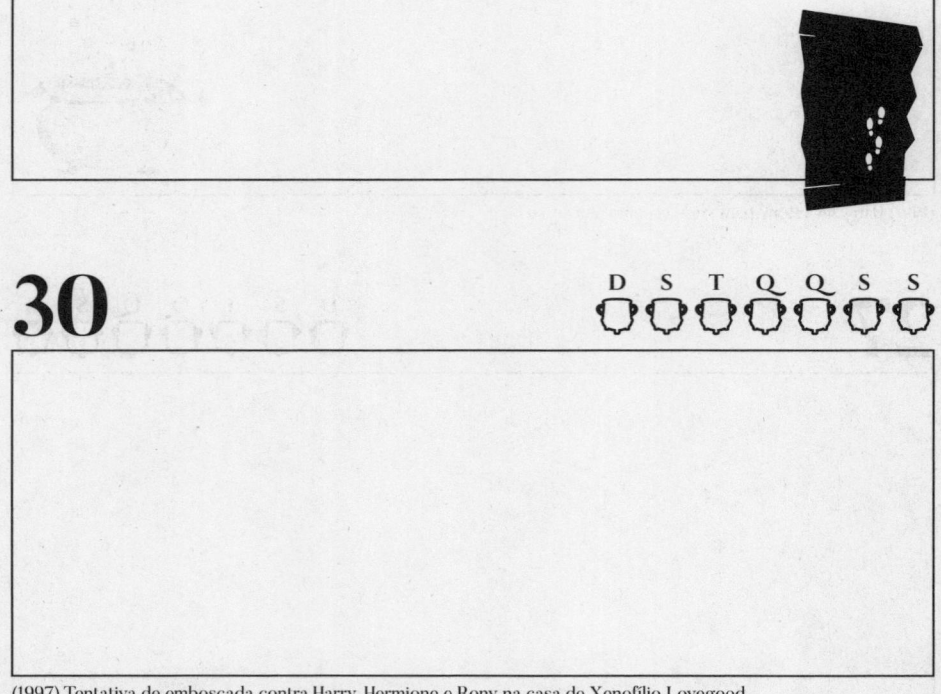

30

(1997) Tentativa de emboscada contra Harry, Hermione e Rony na casa de Xenofílio Lovegood

31

(1926) Aniversário de Tom Riddle

ANOTAÇÕES

ANOTAÇÕES

ANOTAÇÕES

Este livro é o resultado de um trabalho feito com muito amor, diversão e gente finice pelas seguintes pessoas:

Gustavo Guertler (*publisher*), Germano Weirich (coordenação editorial), Beatrix Kondo (redação) e Celso Orlandin Jr. (capa, projeto gráfico e diagramação).

Obrigado, amigos.

2023
Todos os direitos desta edição reservados à
Editora Belas Letras Ltda.
Rua Visconde de Mauá, 473/301 – Bairro São Pelegrino
CEP 95010-070 – Caxias do Sul – RS
www.belasletras.com.br

Dados Internacionais de Catalogação na Fonte (CIP)
Biblioteca Pública Municipal Dr. Demetrio Niederauer
Caxias do Sul, RS

K82u	Kondo, Beatrix
	Um ano mágico / Beatrix Kondo. - Caxias do Sul, RS: Belas Letras, 2023.
	224 p.
	ISBN: 978-65-5537-302-8
	1. Literatura juvenil brasileira - Diário. 2. Magia - Bruxaria. I. Título.
23/34	CDU 869.0(81)-93

Catalogação elaborada por Rose Elga Beber, CRB-10/1369

NOTA IMPORTANTE AOS LEITORES: Esta é uma publicação independente e não autorizada feita por fãs da obra. Não há qualquer apoio, patrocínio ou afiliação a J.K. Rowling, seus editores ou outros detentores de direitos autorais e marcas registradas. Todas as referências feitas a personagens licenciados ou marcas registradas e outros elementos dos livros de J.K. Rowling são apenas para fins de comentários, críticas, análises e discussões literárias. As obras de J.K. Rowling mencionadas neste livro são publicadas pela editora Rocco (Brasil), e incentivamos os leitores a comprar e ler seus livros.

Este livro foi composto em Cinzel e impresso em papel pólen natural 70 g pela gráfica Viena em setembro de 2023.

Confundus Felix Felicis
Accio Sonorus Fidelius! Nox!
Vingardium Leviosa! Crucio!
Férula! Expecto Patronum
Herbivicus! Portus!
Petrificus Totalus! Nox!
Aparecium! Sonorus
Salvio Hexia!
Fidelius! Repello Trouxatum
Arania Exumai Immobillus!
Petrificus Totalus! Herbivicus!
Dissendium! Férula!

Confundus Felix Felicis
Accio Sonorus Fidelius! Nox!
Vingardium Leviosa! Crucio
Férula! Expecto Patronum
Herbivicus! Portus
Petrificus Totalus! Nox! Pet
Aparecium! Sonorus
Salvio Hexia!
Fidelius! Repello Trouxatum
Arania Exumai Immobillus!
Petrificus Totalus! Herbivicus
Felix Felicis Confund